50세에 떠나는
기분 좋은 혼자 여행

50세에 떠나는
기분 좋은 혼자 여행

야마와키 리코 에세이 · 이소담 옮김

북포레스트

좋은 기분을 저금하는 혼자 여행에

이거 참, 인생을 오래도 걸어왔도다. 50세가 되었을 때, 가슴 저미도록 이런 생각이 들었습니다. 내 나이에 내가 놀라는 새로운 경험이었죠.

사람은 누구나 나이를 먹습니다. 2020년 이후, 일본 여성의 과반이 50세를 넘었다고 하더라고요.

그렇군. 일본 여성의 절반은 눈이 침침하고, 자는 동안 얼굴에 생긴 줄이 다음 날 밤까지 그대로 남아 있고, 팔이 잘 안 올라가고, 몸무게가 끝도 없이 늘기만 하겠구나. 왠지 아군을 얻은 기분이었습니다.

나는 둔한 탓인지 40대까지는 노화를 구체적으로 실감하지 못한 편입니다. 그런데 50대는 말이죠,

만만치가 않았어요.

50대가 되고부터는 나이를 말할 때마다 '오오오, 벌써 내가 50대구나……' 하고 제풀에 놀라게 되더 군요. 또 굳이 적기도 싫은데, 육체적인 변화도 큽니 다. 갱년기, 눈으로 봐도 확연하게 많아진 흰머리(진 짜 갑자기 늘어요!), 주름, 젊은 시절의 생활을 반성하 게 되는 기미, 처진 피부, 먹는 양은 같은데 찌는 살, 여러모로 개인차는 있겠지만 외모에서도 노화가 현 저하게 드러납니다.

코미디언인 노자와 나오코 씨는 에세이에 방송 촬영 중 모니터에 비친 본인의 얼굴을 보고 '붕어 같 았다……. 저기 붕어가 있다고 생각했다'라는 글을 썼습니다.

나도 버스나 전철 유리창으로 자주 붕어와 마주 쳐요. 입매가 붕어처럼, 아니 그 이상으로 처졌더라 고요. 게다가 49세 때 사십견(49세면 아직 40대니까 의 사 선생님이 배려해서 이렇게 말씀해주셨습니다)을 시작 으로 손가락 관절염에 요통까지, 하여간 사방이 아 프기 시작했어요. 요리 일은 서 있는 시간이 워낙 길어서 15시간이나 쭉 서 있는 경우도 흔한데요, 며칠을 연속해서 그렇게 일하는 것이 점점 벅차서 체력 저하를 확실하게 느꼈습니다.

또 이런 노화의 증거들이 가차 없이 밀려든 결과로 기분이 우울해지니까 정말이지 곤란했어요.

좋은 기분을 잔뜩 저금해요

주변을 둘러보았습니다. 내가 멋지다고 생각하는 인생 선배는 타고난 미인이나 젊어 보이는 사람이 아니라(이런 분들도 당연히 부럽지만) 생글생글 잘 웃고 만나면 언제나 기분 좋은 사람이었어요. 분별력과 지성도 있으면서 생각은 유연하고 남의 말에 귀도 기울이는, 늘 즐거워 보이고 과하게 무리하지 않으면서 표정이 온화한 그런 사람들 말이죠.

이 나이가 되면 마냥 기분 좋은 일이 확연히 줄어들어요. 그렇다고 가만히 있을 수만은 없죠. 어떤 일들이 나를 기분 좋게 만들어주는지 곰곰이 생각해보았어요. 우선은 누가 뭐래도 몸과 마음이 건강한 거예요. 건강을 최대한 지키면서 좋은 기분을 잔뜩 저금할 수 있는 일이 무엇일까. 다양한 일들을 시도해본 후 얻은 결론이 바로 '혼자 여행'이었습니다.

"아니, 혼자 여행이라니? 점점 더 우울해지는 지름길 아닌가?" 어디서 이런 목소리가 들리는 것 같네요.

전혀 아닙니다. 50세부터 시작하는 혼자 여행은 평소 쓰지 않던 근육을 의미 있게 쓸 때 느끼는 기쁨과 같은, 몸을 앞으로 굽혔는데 손바닥이 바닥에 닿았을 때와 같은 산뜻한 성취감을 줍니다.

혼자 여행을 하다 보면, 일상을 살다가 우울해지거나 부정적인 생각이 들 때 찾아서 쓸 수 있는 '좋은 기분 저금'이, 나중에 회상하면 저절로 웃음이 나오는 나만의 경험이 차곡차곡 쌓입니다. 재충전을 할 수 있고 또 자신감도 어느 정도 생겨요.

혼자 여행이 품은 이런 매력과 저의 삶이 풍요로워졌던 경험을 여러분과 공유하고 싶어요.

목차

2장 _ 일본 혼자 여행

1장

혼자 여행의 적령기

나, 혼자 여행을 할 수 있을까

내가 혼자 여행을 떠나려고 생각한 계기는 타이난에 단체 여행을 갔을 때 들은, 벌것 아닌 말 한마디 때문이었다.

49세였을 때로, 마침 일이 바쁘던 시기였다. 타이난을 잘 알고 좋아하는 분이 단체 여행을 가자고 해서 이때가 기회다 싶어 사전 조사는 물론이고 여행 가이드북도 안 들춰보고 무작정 쫓아갔다. 인원이 많으니까 내 의견을 말하지 않아야 일이 술술 진행되겠다 싶어 현지에 도착해서도 자기주장 없이 졸졸 따라다니기만 했다.

도중에 뭔가 일이 생겨서 혼자 호텔에 돌아가야

했을 때였다. 동행인이 심각한 표정으로 "혼자 괜찮겠어?"라고 물었다.

어라? 내가 혼자서는 호텔에 돌아가지도 못할 것처럼 보이나? 어라? 어라라? 조금 당혹스러웠다. 그때 나는 그런 말을 듣고도 남을 정도로 믿음직스럽지 못하게 보였나 보다.

배려 넘치는 다정한 말에 놀라면서도 동시에 나 자신에게 실망했다. '이보세요, 나. 혼자서 괜찮겠습니까?'라고 자문하면서 호텔로 갔다.

거품경제 시기의 일본인 대부분 그랬듯이 나도 여행을 좋아해서 학창 시절부터 여기저기 여행을 다녔다. 주변에서 보기에 거품경제 세대의 20대 시절은 '으하하, 미친 듯이 놀자!'라는 이미지일지 모르나, 실제로는 "24시간 싸울 수 있습니까?"라는 광고 문구를 중얼거려도 위화감이 없었던 시대였다(1980년대 후반에 있었던 영양제 광고-옮긴이). 좋든 싫든 밤 늦게까지 일하고 회사에 충성을 바치는 사람이 많았다. 그러다 보니 학창 시절 친구들과 휴가를 맞추기 어려워서 결국 혼자 여행을 다녔다. 젊어서 세상 무서운 줄 몰랐었지 싶다.

결혼한 후에는 언제나 파트너와 함께 여행을 다녔다. 둘 다 여행이라면 사족을 못 썼고, 남편과 있으면 뭐든지 다, 시시한 것까지 즐거웠고 재미있었다 (뭐, 그러니까 결혼했겠지). 둘이 가면 준비하는 고생도 반, 긴장감도 반이니까 편하기도 했다.

그러다가 50세 직전, 정신을 차리고 보니 "혼자 괜찮겠어?"라는 말을 듣는 사람이 되고 말았다. 혹시 나는 이제 혼자 여행을 못 하는 사람이 된 걸까?

혼자 여행은 몇 살 때까지 할 수 있을까? 타이난에서 들은 말 한마디를 계기로 곰곰이 생각해보기 시작했다.

혼자 여행의 적령기, 어쩌면 지금일지도!

이런 일을 의논하고 싶어서 학창 시절 배낭여행 전문가 수준으로 혼자 척척 여행을 다녔던 친구에게 오랜만에 연락했다. 젊었을 때도 배낭여행 같은 와일드한 여행은 못 했던 나는 그 친구를 내심 존경했다.

마침 그 친구의 막내가 대학을 졸업한 시기였다.

그렇다면 자유로운 여행을 다시 즐기고 있으려나? 이렇게 물어봤는데 친구가 말하기를 "예전에는 혼자 그렇게 여행을 다녔는데, 지금은 도저히 자신이 없어. 아이들을 데리고 여행을 다닌다고 여겼는데, 이젠 아이들이 없으면 내가 여행을 못 갈 것 같아. 나 이거 위험하지 않아?"라는 것이다.

"아니, 위험하긴 무슨. 그래도 혼자 여행할 수 있는 것도 앞으로 15년 정도가 아닐까 싶어. 혼자 여행, 다시 해보자." 내 상황은 뒷전으로 돌리고 이런 소리를 하는 내가 있었다.

"혼자 여행할 수 있는 건 65세 정도까지려나?" "혼자 여행할 수 있으면 자신감이 붙을 것 같아." "할 수 있어, 할 수 있어." 어째서인지 서로 격려하며 혼자 여행을 떠나보자는 알 수 없는 결의를 나누고 전화를 끊었다.

아니, 물론 혼자 여행을 못 가도 괜찮고 못 간다고 곤란할 사람도 없다. 그래도 기왕이면 할 수 있는 게 낫지 않을까? 해보면 재미있겠지? 무엇보다 혼자 여행을 즐기는 내가 되고 싶었다.

50대가 된 지금 혼자 여행을 떠나보자는 의욕이

마구마구 샘솟았다.

혼자 여행이니까 잊지 못하는 풍경과 만난다

작가 가쿠타 미츠요 씨를 좋아해서 작품을 자주 읽는다. 젊은 시절의 여행 에세이에는 야간 장거리 버스를 타고 몇 시간이나 달려서 도착한 후에 숙소를 찾는다……, 침대에 거대한 바퀴벌레가 나타났다…… 같은 내용이 있어서, 독자로서야 재미있어도 나는 도저히 못 하겠다고 생각했다. 조금 위험한 경험이 아무렇지 않게 적혀 있으면 나도 모르게 두 번 읽었고, 가쿠타 씨의 훌륭한 배낭여행자다운 모습을 동경하면서도 벌벌 떨었다. 나도 혼자 여행을 다녀온 경험은 있다. 있긴 한데, 나는 어마어마한 겁쟁이다.

애초에 혼자 뭔가를 하는 것이 서툴다. 혼밥이나 혼술하는 걸 동경해도 행동으로 옮기지 못한다. 혼자라면 그냥 집에서 먹고 마시자고 발걸음을 돌리는 근성 없는 소심한 인간이다. 음, 어쩌면 자의식 과잉이라서 혼자인 걸 과하게 의식하는지도.

2021년에 방영된 인기 드라마 〈솔로 활동 여자

의 추천〉에서, 화려한 솔로 활동 경험을 차례차례 선보이는 주인공(30대 후반 여성)은 언제나 이렇게 중얼거린다.

"어머, 저 사람 혼자인가 봐, 불쌍해라, 이렇게 보일 것 같아서 걱정했는데, 아이고 무슨(웃음). 다른 사람은 나를 보지도 않아, 자의식 과잉이야."

옳은 말씀. 다만 그 드라마가 시종일관 '솔로 활동에 도전해봅시다!'인 구성인 것에서 알 수 있듯이 역시 '혼자'에는 여러모로 장애물이 있다.

한편으로 혼자에는 확실히 '혼자 할 수 있었어!'라는 성취감이 따라온다. 행복을 독점한 느낌도 있다. 돌이켜보면 젊은 시절에 다녀온 혼자 여행도 그랬다.

준비 단계부터 선택의 연속이라 뇌의 주름을 자극하고 평소 잘 안 쓰던 사고 근육을 쓰는 것 같아서 힘들지만 유쾌했다. 여행을 시작하면 안전 센서를 강화해 주위에 있는 사람 모두 도둑일지 모른다고 의심하는 시선을 보냈고, 그랬으면서 여행지에서는 셀 수 없이 많은 도움을 받으며 감격해서 웃고 울기도 했다. 대화를 나눌 상대가 없어서 뭐든 지그시 관찰하면서 많은 것을 깨달았다. 또 나 자신과 마주하고 많은 대화를 나눴다.

1989년 타이베이. 설렘을 품고 도착한 호텔 방에서 한숨 돌리고 텔레비전을 켰다. 낯선 화면을 보다가 깜빡 잠들었는데 문득 눈을 떠서 주변을 둘러본 그 순간, 새로운 장소가 주는 신선함과 방 배치까지 선명하게 기억한다.

뉴욕. 공항에서 간신히 버스를 타고 센트럴파크 앞에 도착해 내렸을 때, 드디어 도착했다 싶어 올려다본 한겨울의 새파랗고 높은 하늘.

방콕 짜오프라야강에서 잘못 탔던 스님들로 꽉 찬 작은 배. 당황했는데 스킨헤드 사이로 삐죽삐죽 삐져나온 것처럼 보인 왓 아룬(새벽 사원)을 보고 슬며시 웃었던 일. 그 순간에 어떤 바람이 불었고 체감온도와 소리는 어땠는지 영화를 재생하는 것처럼 또렷하고 선명하게 떠올릴 수 있다.

특별하지 않은데 인상에 깊이 남은 여행의 한 순간은 전부 혼자 한 여행에서다. 혼자였기에 강렬하게 인상에 남았을까?

최강이자 최후의 혼자 여행 적령기

그때의 긴장과 기쁨을 다시 느끼고 싶어서 20년 하고 몇 년 만에 조심조심 혼자 여행을 해봤더니, 50대는 사실 혼자 여행하기 딱 좋은 시기라는 생각이 들었다.

최강이자 최후의 혼자 여행 적령기가 아닐까?

우선 이 나이쯤 먹으면 인생의 쓴맛과 단맛을 어느 정도 경험한 어른이다. 조금 아쉽긴 한데, 물불 안 가리고 행동에 나서는 경우는 거의 없다. "잠깐 멈춰!" 하고 스스로 막아설 분별력도 있다(아마도).

수중에 돈이 얼마나 있고, 자신이 돈을 어떤 식으로 쓰는지도 잘 안다.

여차하면 달려서 도망칠 정도의 체력도 아직 남아 있다. 한편 자기 몸 상태를 스스로 잘 파악할 줄 아니까 무리하지 않는다.

뭔가 일이 생겨서 곤란할 때도 어떻게 하면 좋을지 판단도 할 수 있고, 미리 준비도 할 수 있다.

여러모로 인생 경험이 있으니 호텔이나 레스토랑에서 기죽을 일 없고, 자신이 어떤 분위기를 선호하지 않는지도 잘 알고 있으므로 미리 피할 수 있다.

미친 듯이 마시거나 먹지 않는다. 사랑에 쉽게 빠지지도 않고(나만 그러나?) 소중한 것이 무엇인지 잘 안다.

또 이 나이쯤 되면 여럿이 뭉치는 것도 좀 피곤하지 않나? 나는 조금 지친다 싶을 때, 종종 혼자 시간을 보내면 마음이 편해진다. 미술관에 가거나 여유롭게 책을 읽거나 영화를 보는 일은 사실 혼자 하면 더 즐겁고, 마음을 잔잔하게 유지하기 위해 가끔은 필요한 것 같다.

또 친구와 여행하면 즐겁긴 한데 아무래도 힘든 면도 있다. 평일이 좋은 사람, 주말이 좋은 사람, 제각각이다. 가족 구성도 다르고 경제 상황도 다르니 여행 기간도, 여행지도, 가는 법도 조정하기 어렵다. 호텔 하나를 고르는 데도 고전한다. 취향 차이도 있고 가격이나 입지까지 모두의 희망에 맞추기 어렵다.

그러느니 혼자 가뿐히 다녀와도 되지 않아? 최강의 혼자 여행 적령기를 놓치지 말거라, 앞으로 인생의 영양분이 될 테니까! 이런 하늘의 계시가 반짝 들렸다.

조심스럽게 시작해봤다, 혼자 여행

우선 시작해본 혼자 여행은, '먼저 가보는' 여행이었다.

평소에는 회사원인 파트너에게 여행 일정을 맞췄는데, 나 혼자 먼저 가보는 것이다. 나중에 파트너가 오니까 약간은 마음도 놓인다. 조금 긴 여름휴가를 이용해 연습해보기로 했다.

방콕, 타이베이, 파리, 뉴욕에 3~4일 먼저 가서 혼자 지내보았다.

일본 국내에서도 시작했다. 본가인 나가사키에 다녀오면서 앞뒤로 1박을 어딘가에 들르는 식이다. 엄마가 편찮으셔서 전보다 귀성할 기회가 많아진 참이기도 했다. 도쿄로 돌아오기 전에 혼자만의 시간을 가졌더니 기분 전환에도 좋았다.

코로나가 유행한 후로는 혼자 도쿄 근교나 도쿄 중심지로 여행을 다녔다.

그렇게 한 결과, '좋은 기분 저금'이 잔뜩 쌓였다. 우울할 때, 1박이라도 여행을 다녀오면 기분이 밝아졌다. 가족을 대할 때도 더 다정해지는 것 같다.

그래도 혼자 여행은 여전히 긴장된다. 도무지 익숙해지지 않는다. 짐은 무겁고 길도 자주 헤매고, 밥한 끼 먹는데도 매번 고민한다. 역시 그만두는 게 좋을까, 마음이 꺾일 뻔하기도 했다.

그래도 막상 여행을 떠나면, 평소 잘 쓰지 않는 머릿속 회로가 연결되어 핑글핑글 돌아가다가 어느 순간 기분이 좋아진다. 뾰족뾰족해진 긴장감이 느슨한 감성을 적절하게 자극해주는 건지도 모른다.

처음인 것과 잔뜩 만나는 걷기 여행

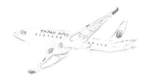

50세 생일날, '앞으로 처음 경험하는 것은 줄어들고 마지막인 것이 늘어나려나?' 하고 자포자기한 마음으로 생각했다. 돌이켜보면 50세 전후로 다양한 경험을 했던 (것 같은) 탓에 여행도 음식도 옷도 '마음 편한 매너리즘'의 절정기였던 것 같다. 이런 마음이야말로 조용히 다가오는 노화의 발소리……. 이러면 안 되지! 그래서 처음인 것을 찾아봐야겠다고 생각을 고쳤다.

> 처음인 것을 하나하나 늘렸더니
> 세상에, 엄청 많네!

옷을 살 때 입어보는 것도 귀찮아서 안 입어도 대충 안다고 생각했다. 그런 나를 채찍질해 입어본 적 없는 색이나 모양의 옷을 시도해보았다. 먹어본 적 없는 음식도 먹어보았다. 일단 해보면 주변에 처음인 것, 미지인 것이 제법 많았다.

나이 어린 친구가 선물해준 나츄라글라쎄의 새빨간 립스틱. 모르는 브랜드이고 한 번도 새빨간 색을 발라본 적 없었는데, 발라봤더니 나쁘지 않았다 (내 기준에서).

별로일 것 같아서 고기 내장은 간 이외에 먹어본 적 없었는데, 대단한 맛집이라고 들은 시가현의 식당에서 다른 부위를 먹어봤더니 경탄이 나올 정도로 맛있었다. 이외에도 새로운 경험이 많았다.

특히 혼자 여행에서.

다양한 일들을 시도해보니 50세라도 미지의 세계, 상상하지 못한 '처음'이 잔뜩 있었다. 파도처럼 호기심이 밀려와 '처음 해본 일 스탬프'를 (조금 과장해서) 노트 한 권만큼 찍었다! 이거 완전 이득 아닌가.

파리에서 시작한
나만의 여행 다섯 가지 규칙

'처음 해본 일 스탬프'를 가장 많이 찍은 것은 '파리 혼자 여행'에서 였다.

헉, 파리? 혼자서? 절대 못 해, 땀 뻘뻘. 많은 사람이 이렇지 않을까. 동감이다. 내가 생각해도 놀랄 정도로 용기를 냈다. 여행을 마친 후에는 정말 좋았다는 생각이 들었다.

겨우 3박 4일이었지만, 조마조마하고 두근두근하고 움찔움찔하면서도 나 혼자 참 많이 즐겼구나, 라는 뿌듯함도 느꼈다.

이때 혼자 파리를 여행하면서 정한 다섯 가지 규칙이 있다.

1. 마음 가는 대로 걷기

가고 싶은 곳이나 가게를 점점이 돌아다니는 것이 아니라 그 사이사이를 걷는 것을 즐기자. 나는 하여간 먹는 것에 흥미가 있다. 파리 사람들은 뭘 먹고 살까? 음식은 곧 생활이니까, 마음 가는 대로 걸으며 파리의 생활을 엿봐야지. (여행자가 걸어 다닐 파리 도심지에 과연 진짜 생활이 있기나 할까, 이런 비관적인 또 다른 나의 목소리가 들리기도 하지만 우선은 즐기자.)

2. 최대한 대중교통으로 움직이기

즉, 혼자 택시를 타지 않을 것. 걸어서 갈 수 없다면 버스나 기차, 지하철로.

3. 지치면 일찌감치 쉬기

가난뱅이 근성이 있어서 도보 여행이라도 여기도 가고 저기도 가는 스탬프 랠리를 하려고 든다. 혼자 여행은 그러지 말고, 카페나 공원에 가서 쉬고 휴식도 즐기자. 혼자 여행 와서 몸이 안 좋아지는 일은 피하고 싶고, 아파서 시간을 낭비하면 아까우니까.

4. 조심하기. 무리해서 모험하지 않기

대중교통으로 가기 어려운 곳이라면 무리해서 가지 않고 밤에는 돌아다니지 말자. 이 정도로 나이를 먹었으니 정조의 위험은 없더라도 부자라는 말도 안 되는 오해를 받을 수도 있고, 위험 요소는 언제 어디에나 잔뜩 있다. 조심하자.

5. 우울해하지 말고 화내지 않기, 뭐든지 긍정적
으로 받아들이기

마지막 규칙은 정신적인 결의, 아니 목표였다.
혹시 지갑을 잃어버렸다면 지갑이 액을 막아주어서
다행이라고 생각하자. 비가 내리면 왜 비가 오냐고
생각하지 말고 비 내리는 날의 멋진 점을 하나둘 꼽
아보자. 접대가 형편없는 가게에 가더라도 화내지
말고 '상대방의 기분을 나아지게 하는 게임'을 해보
자(실제로 자주 한다. 전적은 5승 5패 정도) 등등. 용기를
내서 간 여행인데 조금이라도 더 즐기고 싶으니까
의식해서 긍정적으로 보내려고 했다.

이렇게 걷고 또 걸은 나 혼자 파리 3박 4일 여행
은 매일 120퍼센트 충실한 날들이었다. 온몸에 아드
레날린이 충만했고, 설렘과 두근거림이 교대로 밀려
드는 느낌이 신선해서 지금도 종종 떠올린다.

이후, 이 다섯 가지가 나만의 혼자 여행 규칙이
되었다.

나는 툭하면 우울감에 빠지는 사람이어서 '우울해하지 말고 화내지 않기'가 가장 어려웠는데, 여행지에서는 생각보다 잘 해냈다.

평소에도 좀 이러면 좋을 텐데 왜 못 할까? 일상에서는 언제나 악전고투한다.

여행지는 어떻게 정할까

이 규칙 덕분에 여행지도 고민하지 않는다.

우선 어떤 곳에 가보고 싶다는 호기심이 생기면 계획을 세우는데, 대중교통으로 다니기 어려운 여행지나 루트는 고르지 않는다. 일본 내라면 현청 소재지나 어느 정도 인구가 있는 곳이면 버스나 전철로 갈 수 있다. 차가 없으면 불편한 곳은 혼자 가는 것을 포기한다.

해외라면, 거리를 대중교통으로 돌아다닐 수 있는 점에 더해 공항에서 시내까지 가는 방법도 확인한다. 또 치안이 좋고 혼자 길거리를 걷기에 즐거워 보이는 곳을 고른다.

또 이건 내가 겁이 많아서 그럴 수도 있는데, 해

외에 혼자 갈 때는 지금까지 가족이나 친구와 함께, 혹은 일 때문에 간 적 있는 도시로 갔다. 그러면 조금은 더 안심할 수 있다.

가본 적 있는 곳도 혼자 가면 전혀 다른 모습으로 보인다. 인상에 남는 것도 달라서 처음인 것이 가득하다.

용기를 내 들어간 가게에서 먹은 물만두의 모양과 맛, 외국어로 어떻게든 맛있다고 말했을 때의 두근거림. 땀범벅에 지칠 대로 지쳐 길을 헤매다가 경사가 급한 언덕 앞에서 한숨을 쉬며 고개를 들었더니 보인 아름다운 부겐빌레아! 이런 기억들이 사진을 찍은 듯 생생하게 떠올라 가슴이 뜨거워진다.

이렇듯 강렬한 추억으로 남은 이유는 반복해서 말하지만 '혼자'였기 때문이다. 그리고 또 한 가지. 내 마음이 움직이는 대로 걸었으니까!

혼자니까 자유롭게 걷자

자유롭게 여기저기 들르며 도시를 걸어 다니기. 혼자 여행에 정말 잘 어울린다. 어딜 갈지 다른 사람과 함께 의논하거나 양보할 필요가 없는 혼자 걷는 여행. '반드시' 가야만 하는 곳이 없기에 할 수 있는 혼자 여행의 묘미 아닐까.

혼자 여행은 걸을수록 더욱더 깊이 감동하고 빠져들게 된다.

'가고 싶은 곳'을 모아 목록을 만들자

걷는 게 좋으니까 평소 걷기 위한 자질구레한 준비를 비교적 부지런히 한다.

미용실에서 읽은 잡지나 SNS에서 보거니 친구가 추천해준 곳 중 마음에 드는 장소가 있으면(가게나 시장, 경승지 등 다양하다) 바로 구글 지도에서 찾아 저장해둔다.

먼저 스마트폰 구글 지도의 '검색창'에 가고 싶은 곳의 이름을 입력한다. 원하는 곳이 나오면 '저장'을 누른다. '목록에 저장'이 뜨면 '가고 싶은 장소(깃발 모양)'를 선택한다. 내가 직접 만든 오리지널 목록에도 저장해둔다.

매일 이 목록을 보며 '아아! 여기 가고 싶다!'라

며 여행 계획을 세울 때도 종종 있다.

또 대단한 점은, 이렇게 저장해두면 구글 지도가 '이 근방에서 저장해둔 곳'을 알려준다. 걷다가 구글 지도에 들어가 저장 목록을 보면, 내가 서 있는 위치에서 가까운 순서로 표시된다. 내가 깜박했어도 '이 봐요, 당신. 이 근처에 가고 싶은 곳이라고 저장해둔 데가 있어요!' 하고 알려준다. 너무 멋지다(조금 무섭긴 하지만).

관광지를 놓치더라도 걸어 다니며 '내가 좋아하는 것'을 발견한다

여행을 가기로 마음먹으면, 이번 여행에서 꼭 가보고 싶은 곳을 한 군데나 두 군데, 많으면 세 군데쯤 정한다. 내 마음대로 붙인 이름인데 '가고 싶은 곳 3 세트'다. 이 세트를 기준으로 삼아 그날 돌아볼 지역과 루트를 대충 정한다.

보통 가장 가고 싶은 곳을 기점으로 삼는데, 어떤 순서로 돌지는 그때그때 기분에 달렸다. 걷기 시작하면 들를 예정이 없었는데 궁금했던 가게가 근처에 있다고 구글 지도가 알려주기도 하고, 예상외로 재미있어 보이는 곳이 보이면 추가로 들를 수 있어서 자유롭다. 그러다가 3세트를 다 돌아보지 못할 때도 있지만 그래도 괜찮다.

관광 명소나 가이드북이 추천하는 곳을 놓치더라도 거리를 걷는 즐거움이 우선이다. 생각지 못한 보상처럼 차츰차츰 스며드는 '처음'을 발견할 때도 종종 있다.

다만 내면의 안전 센서만큼은 절대 무시하지 않는다. 왠지 무섭다 싶으면 그대로 돌아 나온다. 이유도 없이 냅다 도망치는 풋내기인 나를 믿는다.

여행은 짐 꾸리기부터가 시작

어렸을 때, 내가 부정적인 예상을 하거나 바라는 바와 반대되는 소리를 하면 할머니가 "얘야, 그런 말을 자꾸 하면 진짜가 되니까 하지 마라!"라고 타일렀다. 운동회 전날에 "비가 올 것 같아"라고 말하면 비가 오고, "시험에 떨어질지도 몰라"라고 말하면 십중팔구 떨어진다는 것이다.

일리 있는 말이다. 그래도 혼자 여행은, 특히 해외 여행이라면 부정적인 상상을 해두는 편이 좋다고 생각한다. '돈을 잃어버릴지도 몰라.' '소매치기를 당할지도 몰라.' '아침에 달리다가 넘어질지도 몰라.' '설사할지도 몰라.' '감기에 걸릴지도 몰라.' '짐을 잃어버릴지도(공항에 맡긴 짐이 나오지 않는 경우) 몰라.' '호텔 예약이 잘못되었을지도 몰라.' '공항버스가 파업 때문에 안 움직일지도 몰라.' 더 나아가 '이 비행기가 무인도에 떨어지면 어떡하지?'

드라마 작가인 무코다 구니코 씨의 에세이에 작가 사와치 히사에 씨와 함께 아마존에 가는 비행기에서 나눈 대화가 나온다. 사와치 씨가 갑자기 커다란 다이아몬드 반지를 꺼내 손가락에 낀다. 무코다 씨가 왜 그러느냐고 묻자 사와치 씨는 "만약 비행기가 정글에 추락해서 어느 부족한테 붙잡히더라도 이걸 바치면 어떻게든 되지 않을까요?"라고 대답했다.

아쉽게도 다이아몬드는 없지만 나도 그 마음을 이해한다. 이 상상력, 망상력, 아니, 준비력이랄까.

따라서 해외로 혼자 여행을 갈 때는 '거기 있을지도 모르는 위험'을 최대한 넓은 범위로, 과대망상 수준으로 이것저것 생각해 준비한다.

국내는 그 정도의 망상은 접어두고 가뿐하게 가는 걸 우선한다. 극단적으로 지갑과 스마트폰, 안경이나 콘택트렌즈, 걷기 쉬운(달릴 수 있는) 운동화만 있으면 된다.

또 국내든 해외든 공통으로 책! 여행지가 무대인 책을 한 권이나 두 권 챙겨간다.

목숨줄인 스마트폰과 통신수단

사실은 스마트폰 없이 마음 가는 대로, 그 누구에게도 쫓기지 않으며 여행하고 싶은데 현실적으로 스마트폰은 혼자 여행의 소중한 파트너다. 없으면 여행이 안 된다. 전화 기능보다는 통신 자체가 목숨줄이다. 조금 비용이 들더라도 혼자니까 '연결되는 안심감'을 든든하게 확보하고 싶다.

국내라면 평소처럼 스마트폰을 달랑 들고 가면 된다. 다만 배터리가 없어서 울 뻔했던 경험이 있어서 여행을 갈 때면 예비 충전기를 가지고 간다. 대신 무거운 가이드북은 없이 간다.

해외라면 여행지에서 쓸 수 있는 휴대용 와이파이를 공항에서 빌려간다. 예약해두면 공항 카운터에서 바로 받을 수 있다.

계약한 스마트폰을 국외에서도 쓸 수 있는(로밍

서비스) 선택지도 있다. 심(SIM) 프리 스마트폰이라면 현지 공항에서 심 카드를 사서 끼워도 좋다. 이렇게 하면 현지 전화번호를 가질 수 있다. 다만 평소 쓰던 번호를 쓰지 못한다(국내에 돌아와 원래 심 카드를 끼우면 원래 번호를 쓸 수 있다).

신용카드와 현금, 예비 지갑을 만들자

다음으로 돈 문제다. 국내라면 일상의 연장이니까 뭔가 특별하게 하지 않는다. 다만 경험인데, 일본은 도시라도 현금만 받는 곳이 제법 있다. 교토가 대표적이다. 가게도 그렇고, 신사나 절도 대부분 현금만 가능하다.

해외에 갈 때는 이런저런 대책을 세운다.

먼저 현금 외에 신용카드를 세 장 챙겨간다. 현지 ATM에서 현지 통화를 직접 찾을 수 있는, 국외인출 기능이 있는 카드가 하나 있으면 안심이다. 인출되는지는 카드사에 확인해보자.

전 세계적으로 '캐시리스'가 진행 중이지만 역시 현금도 필요하다. 코로나 유행이 진정된 후에 갔던 타이완 남쪽(핑둥)은 시장과 개인 상점, 생산자 중심으로 둘러본 탓인지 절반 이상이 현금만 가능했다.

또 메인 지갑 이외에 예비 지갑까지, 반드시 지갑을 두 개 준비한다. 메인에는 신용카드 두 장과 현금, 예비에는 카드 한 장과 현금 약간, 이렇게 분배한다. 지갑을 누군가에게 제공해야 하는(건넬 수밖에 없는) 사태나 나도 모르게 소매치기를 당해서 하나가 없더라도 여행을 계속할 수 있도록.

이탈리아에서 딱 한 번, 문득 정신을 차리고 보니 지갑이 없어졌던 경험을 했다. 그래도 예비 지갑이 있어서 곤란하지 않았다. 잃어버린 지갑과 현금은 아까웠지만 액막이를 해줬다고 여기고 포기했다.

또 해외에서 외출할 때는 신발 바닥에 지폐를 약 20달러 정도 넣어둔다. 무슨 일이 생겨도 호텔에 돌아갈 수 있게. 가방도 스마트폰도 전부 버리고 도망치더라도 돈이 있으면 최소한 어떻게든 된다. 뭐 그렇게까지 경계심이 강하냐고 마음껏 웃어주세요.

시간과 마음을 빼앗기지 않게

여권 복사본도 세 장 정도 준비하고 여권 재발행을 위한 증명사진도 챙긴다. 일본처럼 어디에서나 저렴하게 사진을 찍을 수 없는 곳이 많으니 여권을 잃어버렸을 때 허둥거리지 않고 대처하기 위해서다.

해외로 갈 때 기내 수화물에는 최소한의 속옷과 양치 세트, 샘플로 받은 화장품, 안경이나 콘택트렌즈가 든 1박용 파우치를 넣는다. 현지 공항에 도착했는데 내 짐이 나오지 않아도 하룻밤은 스트레스 없이 묵을 수 있게 해둔다.

이렇게 여러모로 대책을 세우는 이유는 '시간과 마음을 빼앗기고 싶지 않으니까'다. 미리 준비하면 위기에서 벗어날 수 있고, 정신적인 면에 끼치는 부정적인 영향이 줄어든다고 믿는다. 나는 이 점이 중요하다. 괜히 우울해지기 싫고, 위기 상황을 해결하느라 하루를 고스란히 바치는 것도 싫다. 기대했던 여행이니까 시간이나 마음을 빼앗기지 않는 것이 무엇보다 중요하다.

여행에 익숙한 사람이라면 내 대책이 유치해 보일 수 있는데, 그래도 여행에 꼭 '익숙해질' 필요는 없지 않을까?

짐 꾸리기는 선택하는 연습

아무리 좋아하는 물건이라도 짐이 무거우면 결국 우울해지는 요인이라고 생각한다. 이건 여행이 아니라 일상생활에서도 마찬가지다. 그러니 나는 몇 박 예정이든 혼자 들고 계단을 올라갈 수 있는 크기와 무게의 캐리어를 선택한다.

파리 백화점에서 발견한 소프트 케이스 캐리어를 좋아해서 잘 쓰는데, 딱히 유명 브랜드도 아니다. 대충 7, 8년은 애용하는 중이다. 3박 정도에 좋은 크기일까. 소프트 케이스는 담을 수 있는 용량이 어느 정도 유동적이고, 내 발에 맞아도 아프지 않고, 다른 사람을 쳐도 (그렇게) 아프지 않을 것이다. 또 공항에서 마구 던져도 깨지지 않는다.

캐리어에 무엇을 넣는가. 해외로 가는 혼자 여행을 준비한다면, 각종 상황을 망상해서 길고 긴 소지품 목록을 작성하는 것부터 시작한다. 그 후에 취사선택해서 최소한으로 줄인다. 가벼움도 추구한다.

만약 비가 내리면? 접는 우산이냐 우비냐. 나는 작게 접을 수 있는 우비를 주로 가져간다. 여차하면

방한복으로도 입을 수 있고, 러닝복으로도 입을 수 있고, 빨랫감을 돌돌 싸서 돌아올 수도 있다.

모든 소지품에서 가벼움이 중요하므로 화장품을 넣는 파우치는 전부 초경량으로 바꿨다. 요즘은 얇고 가볍고 튼튼한 소재가 많다. 덕분에 평소 들고 다니는 가방도 가벼워졌다.

짐 꾸리기는 선택하는 연습이다. 이렇게 생각하면 재미있다.

여행지에서 짐을 풀면 매번 '아하, 극단적으로 따져서 이 정도만 있으면 살 수 있겠네'라고 생각한다. 작지만 갖출 것을 알차게 갖춘 호텔에 들어가면, 여기에 부엌만 있으면 충분히 살 수 있겠는데 나란 인간은 뭐 그렇게 가진 물건이 많나 싶어 한숨이 나오고 매번 미니멀리즘을 맹세하고 계획한다. 맹세만 한다, 매번, 매번.

한편 국내 여행이라면? 몇 박인지에 따라 다르나, 해외와는 정반대로 지갑과 스마트폰과 안경(콘택트렌즈)과 운동화와 책. 이외에 더 필요한 게 있나? 최소한으로 필수품만 추가한다.

여행지에서 뭘 입지?

옷은 짐에서 차지하는 비율이 높다. 여기에서 문제.

A. 아는 사람과 만날 일이 없으니까 추리닝이든
   잠옷이든 상관없다.
B. 언제 어느 때나 최소한은 꾸미고 싶다.

여러분은 어느 쪽인가? 나는 당연히 A였다. 아무
튼 혼자 여행은 완벽한 A 상황 아닌가? 기본적으로
아는 사람과 만날 일이 없다. 원래 A인 여자로서 추
리닝이든 단벌 숙녀든 상관없지 않나?
   자, 결론부터 말하자면 A는 그만뒀다. 50세에 혼
자 여행을 다니기 시작했을 무렵에는 이제부터 헤어
질, 즉 버리기 직전인 옷이나 신발을 가지고 가서 버
리고 온 적도 있다. 그런데 그랬더니 영 기분이 나지
않았다. 오히려 기분이 마구마구 다운되었다.
   혼자 간 파리. 빈티지를 파는 세련된 가게에 들
어갔는데, 시크한 점원이 내 신발을 빤히 쳐다보았
다. '어라, 지금 내 신발 봤지? 본 거 맞지? 보지 마!

이건 이번 여행을 마치면 버릴 생각으로 신은 신발이란 말이야, 엉엉.' 속으로 변명하며 풀이 죽어 가게를 나왔다.

반면에 좋아하는 옷을 입고 간 타이베이. 젊은 타이완 여성이 "치마가 예뻐요. 일본에서 샀어요?"라고 일본어로 물어봐서 기분 좋았다. '혹시 내가 일본을 좋게 생각하는 사람을 한 명 늘렸을지도?'라는 생각도 했다.

그런 경험을 하면서 생각이 달라졌다. 누구에게 보여주지 않더라도 나 혼자니까 순수하게 내 기분이 밝아질 옷을 입고 지내자고.

그 후로 그때그때 좋아하는 옷을 캐리어에 넣기 시작했다. 다만 소수정예다. 계절에 따라 다르나, 매일 거의 똑같은 차림으로 다녀도 좋으니까 나에게 가장 잘 어울리는(그렇다고 생각하는) 스타일의 옷을 입는다. 좋아하는 옷을 입으면 처음 들어가는 가게나 레스토랑에서도 겁내지 않고 차분하게 행동할 수 있다.

다만 속옷은 한 번 정도 더 입으면 처분할 것을 가지고 가 그곳에서 헤어지거나, 금방 마르는 소재를 선택해 세탁에 신경을 덜 쓴다.

소지품을 다 고르면 분류한 다음, 얇고 부드러운 에코백이나 비닐봉지에 넣어서 캐리어에 넣는다. 이러면 짐을 정리하기 쉽고, 봉지가 필요하면 쓸 수 있고, 돌아올 때 빨랫감을 넣을 수도 있어서 여러모로 편리하다.

또 거리를 걸어서 돌아다녀야 하니까 마음껏 걸을 수 있는 신발이 필수다. 나는 여행지에서 반드시 아침에 러닝을 하니까 튼튼한 운동화를 찾아서 애용한다.

운동화는 걷거나 뛸 때 신으니까 저녁을 먹으러 가거나 쇼핑할 때는 다른 신발을 신고 싶어진다. 신발이야말로 짐이 된다는 걸 알면서도 설령 1박이라도 이것만은 양보할 수 없다. 이러는 이유도 여행지에서 사람들이 생각보다 신발을 본다는 걸 알았기 때문이다. 신발을 보면 그 사람을 알 수 있다는 말도 있다. 게다가 내가 워낙 신발을 좋아한다.

그래서 가벼운 운동화는 캐리어에 넣고, 올 때 갈 때에는 걷기 편하고 굽이 낮지만 고급스러운 느낌의 로퍼나 소위 아저씨 신발이라고 하는 윙팁을 신는다.

혼자서는 조금 주눅 드는 가게에 큰마음 먹고 식사하러 갈 때, 나에게 용기를 줄 작고 세련된 가방도 있으면 좋다. 나는 빔스(BEAMS)에서 발견한, 교토 가타야마 분자부로 상점의 퐁퐁 백을 하나 챙겨간다. 천 하나로 만들어서 세련된 느낌이고 초경량이라 마음에 쏙 든다.

해외 혼자 여행 소지품 목록 — 4박 정도일 때

∘ 스마트폰, 휴대용 와이파이, 충전기, 휴대용 충전기

∘ 여권(복사본도)

∘ 백신 접종 증명(앱으로도 된다. 서류로 필요할 수도 있으니 확인할 것)

∘ 신용카드 세 장, 현금, 지갑 두 개

∘ 증명사진(여권용)

∘ 1박용 물품을 넣은 파우치

∘ 안경＆콘택트렌즈

∘ 책(여행지 관련)

∘ 수첩, 필기도구, 부적(부모님이나 파트너에게 받은 것)

◦ 어디나 발라도 되는 크림(건조 대책)

★ 여기까지는 기내에 지참 ★

◦ 미용용품(2박 이하라면 최대한 샘플이나 일회용 마스크팩 등. 3박 이상이라면 작은 병이나 용기에 담아서 다 쓰고 돌아오기 전에 처분. 샴푸는 호텔에 비치된 것을 쓰고, 컨디셔너는 지참, 최소한의 화장 도구)

◦ 강력한 반창고, 감기약, 진통제, 인공 눈물

◦ 속옷(슬슬 버려야 할 것 혹은 빨리 마르는 속옷을 필요한 만큼)

◦ 옷(마음에 드는 옷을 소수정예로. 부피가 크지 않고 주름이 져도 괜찮으며 움직이기 편한 옷. 대형 비닐봉투나 얇은 에코백에 넣는다)

◦ 러닝복(우비를 겸한 것)과 러닝용 미니 가방

◦ 운동화(러닝화 겸한 것)와 조금은 격식 있는 낮은 신발 한 켤레

◦ 호텔 내에서 신을 고무 샌들

◦ 길거리를 걸을 때 들고 다닐 가방, 외출용 다소 세련된 가방(장소에 따라 얇은 가죽 제품을 챙기기도). 전부 가벼운 제품!

◦ 작은 칼(과일을 먹기 위해서), 젓가락, 일회용 숟가락, 작은 컵 등 시식 세트

◦ 좋아하는 차(티백)

○ 매실 절임(두세 알, 매실이 위장에 좋다고 믿는다)

○ 비닐봉투와 지퍼락 몇 장(쓰지 않을 때도 있다)

호텔을 고를 때 중요한 세 가지 조건

호텔은 여행의 질을 좌우하는 아주 중요한 요소다. 특히 혼자 여행일 때는 더욱 그렇다. 업무나 집안일에서 벗어나 홀가분하게 침대에 뛰어들어 쉬고 싶다. 그것도 안심하고서. 그러니 호텔은 반드시 예약하고 간다. 여기저기 묵으며 경험해본 결과, 혼자 호텔에 묵을 때 내가 양보하지 않는 조건은 다음 세 가지다.

청결, 안전, 입지

여기에 추가한다면 내 마음이 편할 것, 그리고 믿을 수 있는 기업이 운영하는 곳. 이 다섯 가지 요소를 꼽으면 당연한 소리라고 지적받을 것 같다. 또 너무 비쌀 것 같다는 질문도 들린다. 물론 최고급 호텔은 이 다섯 가지 조건을 대체로 만족한다. 그래도 나는 비교적 내 통장 사정을 이해해주는 호텔 중에서 조건에 합당한 곳을 찾고 싶다.

무슨 일이 있어도 양보할 수 없는
청결도는 리뷰로 확인

우선 청결도. 이건 새로 지은 곳이라면 대체로 해결된다. 30년 이상 된 호텔은 전면 보수 공사를 하지 않는 한은 세월의 흔적을 감추지 못한다. 잔인하게 들릴지 모르나 새로 지은 곳일수록 깔끔하다.

특히 오래된 클래식 호텔. 낡았지만, 아니 낡았기에 구석구석 깔끔하게 청결을 유지하고 손이 많이 가는 미의식을 느끼긴 한다. 다만 그런 곳은 아무래도 드물다. 게다가 이런 호텔은 노포이고 격식이 있어서 비싸다. 혼자 묵기는 좀 어렵다.

몇 가지 조건 중에서도 청결은 가장 중요하므로 혼자 여행할 때는 비교적 새로운 호텔, 오픈한 지 1~2년, 최소 5년 이내의 호텔을 찾으려고 한다. 새로

지었거나 보수 공사를 했다면 호텔 쪽에서도 그 점을 강조하고 싶으므로 홈페이지에 대대적으로 적어둔다.

또 청결도는 리뷰로 반드시 확인한다. 경험상 '청결하지 않았다' '먼지가 쌓였다' '머리카락이……' 등은 별점을 낮게 평가하는 이유가 되니 리뷰에 적을 확률이 높다.

구글 지도로 마음에 둔 호텔을 검색하면, 거기에도 리뷰가 있다. 구글 지도에서는 '최신순'을 클릭해 최신 리뷰부터 1년 이내 것까지 본다. 예약 사이트의 리뷰보다 신랄한 편인데, 호텔과 이해관계가 없기 때문일까? 아무튼 덕분에 매우 참고가 된다. 외국 호텔이라도 리뷰는 자동으로 번역되므로 한번 읽어보는 게 좋겠다.

혼자 여행에서는 안전도 양보할 수 없다

안전성은 안도감과 편안함으로 이어진다.

대중교통 정거장에서 가깝고, 밤늦은 시간에도 밝은 길을 지나 돌아갈 수 있는가. 혼자 여행일 때 밤늦은 귀가는 애초에 피하고 싶은데, 한밤중이라도 안전하게 갈 수 있는 호텔이 역시 최고다.

24시간 리셉션에 사람이 있고, 입구가 도로에 맞닿았으며 청결하게 정돈되었는가. 호텔이 빌딩 일부여서 입구가 자그마한 곳은 좋지 않다. 또 유행하는 에어비앤비 같은 곳은 혼자 여행할 때는 피하고 싶다.

규모 있는 호텔이라도 밤이면 생각보다 입구가 쓸쓸한 곳도 있다. 교토의 어느 호텔은 관광지이자 규모가 큰 절 뒤편에 입구가 있어서 낮에는 북적였는데 해가 지면 어두컴컴했다. 또 낮에는 나무가 울창한 호텔 앞 정원(연못까지 있음)이 멋있었는데, 밤에는 어두컴컴한 곳을 혼자 걸어서 입구까지 가야 해서 겁에 질리기도 했다.

또 가능하면 호텔 입구 앞에 택시를 댈 수 있는 곳이 편하고 안전하다. 혼자 여행은 대중교통으로 하겠다고 밀어붙여도 지쳐서 택시를 탈 때도 있으니까.

이런 사항은 직접 가보지 않으면 알기 어려운데, 요즘은 구글 지도의 스트리트뷰로 많은 것을 확인할 수 있다.

잊으면 안 되는 호텔 내부 안전

최근 호텔은 묵는 방의 키를 대지 않으면 원하는 층에 서지 않는 엘리베이터가 많다.

아무래도 사람들이 호텔 안을 자유롭게 돌아다니지 못하는 편이 안전하다. 신축 호텔, 그중에서도 어느 정도 큰 기업이 경영하는 호텔이라면 이 요건이 충족된다.

나는 예약할 때 엘리베이터에서 너무 멀지 않은 방을 요청하기도 한다. 다리가 불편한 엄마와 여행하면서 처음으로 이런 부탁을 해봤다.

호텔 구조에 따라서는 아주아주 긴 복도를 혼자 짐을 바리바리 들고 걸어야 할 때도 있는데, 그러다 보면 지친다. 해외에서는 객실 문이 쭉 늘어선 복도를 오래 걷다 보면 이유도 없이 불안해지기도 한다. 엘리베이터 바로 옆도 별로지만 가능하면 너무 멀지 않은 곳이 좋다.

혼자에게 편한 입지

호텔 입지도 혼자 여행을 편하게 한다는 점에서 중요하다. 오며 가며 반드시 역에 들르니까 깊이 생각하지 않고 역 근처로 잡았다가 후회한 적도 있다.

일본도 해외도, 지방 도시는 번화가가 먼저 생긴 후에 철도역이 생긴 곳이 적지 않다. 예전부터 붐볐던 곳이나 오래된 거리는 역에서 멀리 떨어진 곳이 많다. 일본이라면 가나자와, 도야마, 교토, 나가사키가 전부 그렇다(역이 생기고 대자본이 투입되어 역 주변이 발전한 탓에 오래된 상점가가 쇠퇴하는 패턴도 있지만).

쇼핑이나 관광 중에 짐을 두러 호텔에 돌아가 잠깐 쉬면 마음이 놓인다. 혼자 카페에 들어가는 것보다 훨씬 편하다. 그러니 호텔에 어느 정도 돈을 들여도 괜찮겠다고 생각해서 요즘에는 그 도시에서 가고 싶은 곳을 확인한 후에 호텔을 정한다.

내 마음의 편안함을 포기하지 않는다

편안함은 사람마다 다르다. 나는 높은 층이 별로다. 고층 빌딩에서 벌어진 화재를 다룬 〈타워링〉이라는 영화(걸작입니다)가 생각나니까.

또 생각보다 인테리어에도 영향을 받는다. 내 취향에 맞아서 차분하게 지낼 수 있을까? 호텔 사이트로는 객실 내부를 자세히 보지 못할 때도 있는데, 꼭 알고 싶을 때는 구글 지도의 리뷰나 블로그에 일반인이 올린 가공 없는 사진으로 확인한다.

또 욕조. 하룻밤까지는 어떻게든 참을 수 있지만, 나는 욕조가 필요하다. 특히 바닥이 깊은 욕조가 좋다. 해외 호텔은 욕조가 없는 곳이 많아서 메일까지 보내 부탁해 어떻게든 확답을 받아낸 적도 있을 정도다.

단, 목욕 시설이 따로 있으면 객실에 없어도 괜찮다. 여자 친구들과 여행을 가면 서로 알몸을 보이기 꺼릴 수도 있겠지만, 혼자 여행일 때는 아주 편하다.

침대 시트가 마음에 드는 곳이면 또 오고 싶다. 객실 안에 물을 끓이는 전기포트가 반드시 있어야 하는 것도 양보하지 못하는 지점이다. 요즘은 거의 모든 호텔에 전기포트가 있다. 챙겨간 티백으로 차를 우려 마시고 싶다.

혼자 여행으로 묵는 호텔은 안전, 입지처럼 아무래도 기능을 우선하게 된다. 호텔을 워낙 좋아하는 사람이라 기능만 따지기는 조금 아쉬운데, 품격 있는 호텔은 혼자 가기에 비교적 비싸니까 어쩔 수 없다.

『여행의 공간』(우라 가즈야 저)이라는 훌륭한 책이 있다. 건축가인 저자가 세계 각지를 다니며 머문 호텔 객실을 실측해 가구나 비품, 세부 요소까지 50분의 1 척도로 기록(수채화 채색)한 객실의 상세 평면도, 호텔에 관한 에세이를 기록한 책이다. 호텔 로고가 찍힌 편지지에 평면도를 그린 점도 좋다. 카펫의 선명한 색과 질감, 디자인이 정교한 소파도 그림 한 장에 전부 응축되었다.

이 책을 늘 머리맡에 두고 언젠가 묵고 싶은 호텔 페이지를 펼쳐 들여다본다. 오, 여기는 혼자 묵어도 괜찮겠는데? 이런 생각을 하면서.

2장

일본 혼자 여행

여행의 목적은 두 가지면 충분

도야마에서 히다 다카야마로

"도야마현 도가무라에 있는 오베르주(숙박 시설을 갖춘 레스토랑 – 옮긴이)에 가지 않을래?"

맛집에 정통한 친구가 제안했다. 도야마 식재료에 홀딱 반한 셰프가 재료를 재배하는 것부터 시작해 요리까지 한다는 소리를 듣고, 고민할 것 없이 기쁘게 가기로 했다.

도가무라는 1천 미터급 산들에 둘러싸인 맑은 물이 흐르는 마을이다. 목적지인 오베르주에 가려면, 도야마역에서 다카야마 본선을 타고 민속 축제인 '오와라 카제노본'으로 유명한 엣츄 야쓰오까지 가서, 그곳에서부터는 차로 협곡을 누비듯이 달려 1시간쯤

가야 한다.

응? 다카야마 본선? 홈페이지로 가는 법을 확인하던 중 무심코 그 이름에 반응했다. 다카야마 본선이라면 내가 타보고 싶었던 그 열차 아니었나?

그리하여 친구와 오베르주를 방문한 후, 혼자 남아 '그 특급열차'로 예전부터 가보고 싶었던 '그 빵집'에 가보기로 했다.

그 슈톨렌 빵집에 가고 싶어!

자, 친구와 오베르주를 만끽하고 도야마에서 헤어진 후, 나는 혼자서 동경하던 빵집으로 향했다. 그 빵집은 히다 다카야마에 있는 빵집 '트레인 블루(Train Bleu)'로, 전국적으로 널리 이름이 알려진 유명한 곳이다.

이 빵집은 크리스마스 슈톨렌이 말도 안 되게 맛있다는 소문을 듣고 알게 되었다. 주문해서 먹어봤더니 정말로 맛있었다.

대략 12년 전, 나는 슈톨렌에 푹 빠졌다. 도쿄에서 살 수 있는 슈톨렌은 물론이고, 맛있다는 소문을 들으면 지방에서도 주문해서 먹고 비교했다. 그렇게 먹어본 빵집이 마흔 점포 이상. 나도 참…… 두려운 줄 모르고 열심히 먹었다.

슈톨렌은 독일 전통 빵인데, 마지막에 빵을 버터의 바다에 풍덩 빠트리고 새하얀 가루 설탕을 아주 듬뿍 담뿍 묻힌다. 한마디로 열량 따위 내 알 바냐는 빵을 마흔 점포, 즉 마흔 개 이상 먹었다. 세상에.

그렇게 먹다가 여기에 정착해야겠다는 생각이 든 것이 트레인 블루의 슈톨렌이다. 그 후로 매년 주문해서 먹는다.

독일어로 '슈톨렌(Stollen)'은 '갱도'라는 뜻이다. 뜻을 알고 보니 모양이 비슷한 것도 같다. 예전에는 프랑스 알자스 지방이나 네덜란드, 스위스에서 먹었고, 지금은 전 세계에서 사랑받는 빵이어서 맛도 다양하다. 일본에서는 크리스마스 빵으로 유명해서 11월 무렵부터 볼 수 있는데, 유럽에서는 1년 내내 그 계절에 어울리는 슈톨렌을 파는 가게도 있다.

나는 술에 오랫동안 푹 절이고 말린 과일을 넣어서 만든 묵직한 느낌의 슈톨렌을 좋아한다. 거기에 아몬드 가루도 넉넉하게 뿌리고 겉은 바삭한 게 좋다. 가루 설탕도 솔솔 뿌려진 전체적으로 어른의 입맛에 맞게 너무 달지 않으면서 드문드문 단맛이 나는 슈톨렌이 좋다. 슈톨렌은 이렇게 군데군데 다른 맛이 나는 게 매력이다.

트레인 블루의 슈톨렌은 내 취향에 완벽하게 맞아떨어졌다. 정확하게 표현하면 '내가 이런 슈톨렌을 좋아하는구나!'라고 취향을 제시해준 것처럼 감동적인 맛이었다.

요리 교실에서 이 슈톨렌을 내놨더니 이제는 나처럼 주문하는 사람들이 많아졌다. 언젠가 가보고 싶네, 히다 다카야마……라고 생각하면서 이러니저러니 12년 넘게 흘렀다. 그리고 이번 여행으로 이어졌다.

두 번째 목적은?

언젠가 꼭 가보고 싶다고 망상하던 도중, 다카야마 본선의 특급 히다는 꼭 타봐야 한다는 이야기를 들었다. 나는 살짝 철분이 넘치는 노리테츠(열차에 승차하는 걸 좋아하는 철도 팬이라는 뜻 - 옮긴이)여서 열차를 아주 좋아한다. 특히 꼭 요람처럼 옛날 느낌이 나는 열차를 타고 덜컹덜컹 흔들리는 걸 좋아한다.

도야마와 나고야를 연결하는 특급 열차 히다. 그 중에서도 30년이 넘은 낡은 차량(구식 키하 85계)은 그리운 옛 시절 느낌이 가득해서 창문도 크고 좌석 도 널찍하다고 한다. 게다가 넓은 창 너머로 펼쳐지 는 경치가 절경이라는 소문이…. 사람이 들어가지 못하는 급류나 거대한 바위 사이를 흐르는 강을 바 로 옆에 두고, 마치 그 강을 타고 오르내리는 것처럼 열차가 달린다고 하지 뭔가.

'히다'와 '트레인 블루'라는 두 가지 목적을 가슴 에 품고 노선도를 뚫어지게 바라보며 도야마→히다 다카야마→나고야까지 오래된 열차인 특급 히다를 타고, 나고야에서 도쿄까지는 신칸센을 타고 돌아오 는 코스를 정했다.

옛날 느낌 가득한 열차에 반하다

구식 키하 85계가 바로 내가 노린 히다 열차다. 신형 차량이 도입되어 인기를 끌고 있지만, 도야마

특급 히다 노선도

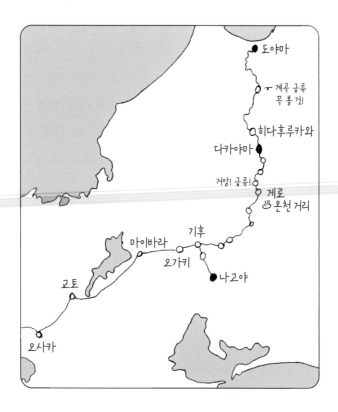

도야마

계곡 급류
꼭 볼 것!

히다후루카와

다카야마

거암! 급류!

게로
온천 거리

기후

마이바라

오가키

나고야

교토

오사카

에서 다카야마까지는 오래된 차량이 달린다. 여행 목적이 이 열차를 타는 것이므로, 신경써서 특별실인 그린차를 예매했다.

차량에 들어서자마자 일단 감동했다. 좌석 부분이 살짝 높았다. 전문적으로는 '하이 데커'라고 한다. 가운데 통로보다 좌석 바닥 면을 한 단 높인 것이다.

앉아 보니, 단이 높으니까 전망이 훨씬 더 좋아졌다. 게다가 이 한 단 덕분에 공적인 통로와 사적인 좌석으로 공간이 구분된 것 같아서 왠지 기분이 들떴다. 게다가 그린차는 2인석과 1인석 구조여서 한 줄에 좌석이 세 개뿐이라 자리가 넓다!

진행 방향을 바라보며 왼쪽에 앉는 편이 풍경을 즐기기 좋다. 도야마를 떠나자마자 곧바로 아름다운 산 경치가 펼쳐졌다. 자그마한 역을 통과할 때마다 많은 생각이 들었다. 한때는 붐볐을 역일 텐데, 지금은 운영하지 않을 공장이나 사는 사람이 없어 폐허 같은 공동주택, 폐업했는지 담쟁이덩굴에 둘러싸인 여관도 보인다.

내 고향 나가사키도 그렇고, 지방의 중심 역을 벗어나면 언제나 마음이 술렁인다. 평소 도쿄에서 지낼 땐 생각이 미치지 못하는데, 이 세상에는 내가 모르는 이야기가 참으로 많다.

또 소규모 역에서 일하는 역무원을 보면 자연스럽게 고맙다는 마음이 든다. 특히 젊은 사람이 있으면 왠지 마음이 놓이고 여기가 저 사람의 고향일지 상상한다.

여행을 떠나면 매번 '만약 내가 여기에서 태어나고 자랐다면 어떤 인생을 살았을까?'라는 생각에 잠긴다.

이곳에 열차가 지나가는 정열

이렇게 험준한 산속에 몇 개나 되는 터널을 지나 깊숙이 들어가는 열차를 타고 있으면 자연스럽게 겸손한 기분이 든다. 이 선로를 만들기 위해 쏟은 노력, 어쩌면 목숨과 맞바꾸며 만들어 냈을지도 모르는 이름 없는 사람들에게 고개가 숙여진다. 그들이 있었던 덕분에 우리가 이렇게 숲을, 산을 다닐 수 있구나.

산과 산 사이를, 때로는 강을 따라가듯이 열차가 달린다. 한적하고 아름다운 강이 흐르는 곳에서는 물에 들어가 계곡 낚시를 즐기는 사람도 보였다. 마치 영화 〈흐르는 강물처럼〉 같다.

경치가 대단하다고 말할 상대 없이, 맥주를 마시지도 않으며, 그저 구불구불 산과 강 경치에 집중하며 많은 생각을 했다. 혼자니까 느낄 수 있는 소중한 즐거움이다.

친구와 함께였다면 나는 "대단하다!" "진짜 멋지지!"라고 재잘거리며 무슨 말이든 해야 한다는 침묵 공포증에 시달리느라 사실은 아무것도 보지 못하고 아무것도 생각하지 못했으리라.

혼자서 조용한 시간을 보내며 어마어마한 풍경 속을 달렸다. 이리저리 구경하다 보니, 2시간쯤 걸려 열차가 다카야마역에 도착했다.

다카야마역에서 차량 연결을 보고, 드디어!

다카야마역에서는 나고야로 출발하기 전에 4량의 차량을 추가로 연결하는 광경을 볼 수 있다. 그렇다, 이날 도야마역에서 다카야마역까지는 3량 편성이었다. 여기에서부터 나고야역까지는 승객이 늘어날 것을 예상하고 이 역에서 4량을 추가해 7량 편성이 된다. 열차 덕후인 나는 보기 드문 작업에 흥분했다. 아마도 이 모습을 보려고 왔을 열차 덕후들 사이에 껴서 사진도 찍었다.

다카야마역은 역시 관광지인 만큼 멋졌다. 히다의 나무를 풍부하게 써서 만든 역 건물은 아름답고 넓어서 기분 좋았다. 화장실도 깨끗했고 물품 보관함도 충분했다.

돌아갈 때는 나고야에서 신칸센을 탈 예정이므로 나고야역으로 가는 특급 히다의 시간을 확인했다. 대충 1시간에 한 대가 달린다고 하니 다카야마를 둘러볼 시간을 대략 3시간 정도로 정하고, 짐을 물품 보관함에 넣은 뒤 길거리를 걸으러 출발했다.

다카야마역이 있는 기후현 다카야마시는 일본에서 가장 면적이 넓은 시라고 한다. 그 90퍼센트 이상이 삼림이다. 북알프스 야리가타케나 오쿠호타카, 니시호타카에 등반하려는 사람들이 내리는 곳이기도 하다.

역에 처음 내려보니 역 앞은 가도처럼 붐비는 거리였고, 바로 그 너머로 의연한 산들이 바짝 있었다.

중장비를 갖춘 등산객도 간간이 보였다.

최고의 슈톨렌을 만나러 트레인 블루에

다카야마역에서 나와 트레인 블루를 찾아갔다. 명소인 다카야마진야(옛 청사) 등이 있어서 관광객들이 즐겨 찾는 에도 시대 정취가 풍기는 거리……와는 정반대인 주택가 쪽으로 걸어서 약 20분 정도다.

구글 지도의 리뷰를 보면 항상 줄이 길게 서서 번호표를 나눠준다고 한다. 이날은 평일 정오 조금 전이었는데 네다섯 그룹이 서 있었다. 20분쯤 기다려서 입장했다. 나중에 알았는데 20분은 짧은 편이라고 하니 운이 좋았다.

와, 그 슈톨렌이 12년 이상이나 이 가게에서 왔던 거구나. 감개무량했다.

가게에는 대략 스무 종류의 빵이 있었다. 점원에게 주문해서 받는 형식이었는데, 이건 코로나 유행 때문일지도 모른다.

바로 먹을 빵과 돌아가는 열차에서 먹을 빵을 사려고, 우선 추천 빵인 '바로 먹는 계열'의 커스터드

크림에 히다산 블루베리가 올라간 데니쉬, 마침 갓 구운 타이밍인 인기 만점 크루아상을 샀다. 또 도쿄까지 가지고 갈 빵으로 단순한 네모 식빵, 데니쉬 생지와 몇 가지 없는 하드 계열의 빵도 샀다. 이렇게까지 사도 되나 싶을 정도로 샀다(전부 맛있게 먹었다).

판매하는 빵의 종류로 보아 데니쉬 생지, 크루아상 같은 버터 생지가 장기인 것을 알 수 있었다. 전부 바삭바삭 가볍고 정말 맛있었다. 슈톨렌의 맛과도 이어진다고 생각했다. 평소에는 식사용 빵인 하드 계열에 주로 눈이 가는데, 오랜만에 케이크처럼 우아하고 섬세한 데니쉬의 매력에 눈을 떴다.

어쩌면 저 우아한 여성분이 전화와 메일로 몇 번인가 대화를 나눈 그분일지도? 나 혼자 깊은 감동에 빠졌다. 겁쟁이라 말을 걸지는 못하고 머릿속으로 '그냥 이렇게 만났으면 됐어~'라고 중얼거리며 커다란 봉지에 가득 담긴 빵을 안고 가게를 나섰다.

인생 베스트 3 물양갱과 만나다

자, 목적은 달성했지만, 모처럼 왔으니 에도 시대

의 풍경도 보고 싶어서 빵을 안고 산책했다. 다카야
마에 오면 꼭 가보고 싶었던 '에마쇼 고민예점'에 갔
다. 손이 많이 갔을 옛날 생활 도구를 구경하고, 바로
앞에 있는 '히다 다카야마 마을 박물관'에도 들렀다.

전시를 보며 다카야마를 조금 공부하고, 박물관
직원에게 가볼 만한 산책로를 물었더니 에도 시대부
터 있었던 거리라는 가미이치노마치, 가미니노마치,
가미산노마치 주변을 추천해줬다. 조언받은 대로 걷
다가 겐로쿠 8년(1695년)에 창업했다는 양조장에도
들렀다. 역사 깊은 양조장을 둘러볼 수 있다니 매력
만점이다.

명물이라고 들은 '보리 라쿠간(쌀이나 보리 등의
곡물가루에 설탕과 물을 넣어 만든 과자 - 옮긴이)'을 사고
싶었는데, 따로 검색하지 않고 내 직감을 믿어보기
로 했다. 청결한 가게 앞, 고풍스러움이 느껴지는 포
장지, 로고, 대대로 이어온 가업이라는 분위기 등을
보고 정한 가게는 '마키바야 분린도(巻葉屋 分隣堂)'
였다. 가게에 들어가 자그마한 보리 라쿠간과 소금
라쿠간을 포장해달라고 부탁했는데 문득 계절 한정
인 물양갱이 보였다. 물양갱의 패키지와 모양에 반

했다.

오늘 안에 먹어야 한다는데, 곧 도쿄에 돌아가니까 괜찮겠다 싶어서 샀다. 그러자 "꼭 수평으로 들고 돌아가셔야 해요"라고 신신당부하며 아이스팩을 넉넉하게, 그것도 물양갱에 직접 닿지 않도록 정성껏 포장해주었다. 무료로. 이쯤 되면 단순한 장삿속이 아니다. '우리 물양갱을 최고의 상태로 드시면 좋겠다'라는 장인 정신의 발로다. 그 마음을 사무칠 정도로 이해하니까 온 신경을 집중해서 들고 돌아왔다.

게다가 이게 인생 베스트 3에 들어가는 물양갱이었다! 가을이면 히다 다카야마 명물인 밤양갱 '구리요세'도 판다고 한다.

계산하면서 "오랫동안 하셨나 봐요" 하고 묻자, 주인이 "아니에요, 우리는 얼마 안 됐어요. 95년 정도예요"라고 대답했다.

특급 히다의 진수는
다카야마에서부터 나고야에 있다

돌아가는 길은 나고야까지 다시 특급 히다로.

와, 정말 대단했다. 열차는 다카야마에서 히다강을 따라 달려가는데, 이 강의 경치가 말로 표현할 수 없을 정도로 멋졌다.

9평 크기는 될 거암이 빽빽하게 모인 상류, 그곳에서 물보라를 치며 흐르는 강. 고작 몇백 미터를 더 가면, 또 푸른 하늘 아래에서 유유히 낚시를 즐기는 사람들이 있는 차분한 풍경으로 바뀌었다. 자연이 보여주는 전혀 다른 표정에서 공포에 가까운 존경심이 솟아났다. 눈앞에 펼쳐진 풍경을 보며, 역시 용기를 내 이 열차를 타길 잘했다고 생각했다.

영화보다 훨씬 멋진 창밖 풍경을 감상한 흥분을 가슴에 품고, 12년간 사랑한 빵(대량)과 물양갱을 수평으로 들고서 나고야역을 열심히 달려 신칸센을 타고 집에 돌아왔다.

아즈사를 타고 그분이 잠든 땅으로

고후

고후에는 소중한 분의 묘가 있다.

18세 때 나가사키에서 도쿄로 상경한 나는 메구로의 이모(엄마의 언니) 댁에서 신세를 졌다. 최소 스무 살이 되기 전까지 혼자 사는 건 안 된다며 이모와 살라는 엄마의 분부였다.

한가한 대학생이었던 나와 자식들은 모두 독립해서 시간에 여유가 생긴 전업주부였던 이모는 비교적 오랜 시간을 함께 보냈다. 아마도 그때 이모는 60대였을 것이다. 그 이모가 고후에 잠들어 계신다.

이모는 나의 요리 선생님이고, 나에게 가정 요리의 즐거움을 알려준 분이다. 요리뿐 아니라 식재료나 장 보는 법, 품질 좋은 물건을 알아보는 방법도 이모와 살면서 배웠다.

나는 관광 여관집 딸이다. 가족이 경영하는 지방 여관이라 장사와 생활이 아주 가까웠고, 집에는 양쪽 일을 돕는 사람이 항상 있었다. 엄마는 요리 솜씨가 좋았는데, 매일 식재료가 배달되어 오니까 장 보러 가는 일은 잘 없었다.

이모는 달랐다. 아침부터 온 집 안에 청소기를 돌리고 빨래도 하고 손주도 맡아서 돌봤다. 가족의 식사도 일일이 만들었는데, 혼자 장을 보러 다녔다. 나는 이모의 그런 일들을 돕기 시작했다. 이게 참 즐거웠다.

처음 본 식재료, 먹어본 적 없는 식재료

특히 장보기가 가장 재미있었다. 이때까지 본 적 없는 치즈, 커피, 잼, 통조림, 와인 등 외국 식품이 가득하고 나카사키에는 없었던 세련된 마트에 갔으니까. 식품을 일일이 손에 들어 이리저리 돌려보며 확인하고 "오호라, 우아~" 하는 경탄의 연속이었다.

이모에게는 '이건 거기에서 살 것'이라는 규칙이 있었는데, 그런 장보기 루틴도 같이 돌았다. 당시 쌀은 오다큐 백화점 지하, 연어알젓은 우에노 마츠자카야 백화점, 닭고기는 츠키지 시장에서 샀는데, 나는 차이를 잘 몰랐지만 쫓아다니면서 배울 것이 참 많았다.

멀리 나가서 사온 달걀이 푸딩이 되고, 쇠심줄이 찜 요리가 되었다. 크로켓도 굴튀김도, 이모가 집에서 만든 것은 뭐든 다 맛있어서 크리스마스나 생일에 친구들을 이모 집에 초대했다.

이모는 도쿄 사람인 이모부와 결혼하면서 나가사키에서 상경했다. 40년 가까이 이 도시에서 시달리고 단련한 끝에 도쿄에서 손에 넣을 수 있는 각종 맛있는 것의 달인이 되었을 것이다.

또 우리 이모는 타고난 먹보라고 생각한다. 먹보는 맛있게 먹을 수 있다면 귀찮은 일을 꺼리지 않는다. 닭고기 한 토막이라도 맛있는 곳이 있다면 멀리까지 사러 가는 수고를 아끼지 않는다. 맛을 추구하기 위한 수고를 안 하는 것은 '아까운 일'이라는 것을 이모와 살면서 배웠다.

가고 싶어지는 고후를 찾아라!

우리 이모는 살아본 적도 없는 고후에서 잠들었다.

왜냐하면 이모부의 본가 묘지가 거기에 있으니까. 이모부가 그 묘지에 묻히겠다는 유언을 남겼고, 이모 당신도 반려가 그렇게 말한다면 거기에 묻히겠다고 하고 세상을 떠났다.

이모부가 같이 있다지만 너무 쓸쓸한 환경 아닌가? 같은 묘지에 묻힌 사람 중에 모르는 사람이 많을 텐데……. 이런 생각을 하면서도 1년에 고작해야 한 번 정도만 성묘하러 갈 수 있었다. 그것도 매번 성묘만 마치고 허둥지둥 돌아왔다. 너무 허둥지둥 다니느라 이모 묘가 있는 절이 고후의 어디쯤인지조차 몰랐다. 언제 느긋하게 고후에 가보고 싶었다. 이것도 이모가 준 인연이니까 고후라는 도시를 걸어보고 싶다고 늘 생각했다.

그때 등장한 것이 '아키토 커피(Akito Coffee)'였다. 고후가 자랑하는 서드 웨이브 커피(제3 물결 커피. 커피에 와인과도 같은 예술성을 담아 고품질 식품으로 제공하려는 시도로, 이른바 스페셜티 커피의 유행이다 – 옮긴이)

의 왕자라고 하지 않나.

시마바라(나가사키현)에서 '쫄깃쫄깃 전립 면'이라는 유일무이한 명품 면과 내 역사상 최고의 소면을 만드는 이자키요메이 상점의 이자키 요지 씨가 인스타그램에서 '좋아요'를 눌러서 저곳을 알았다. 이자키 요지 씨가 팔로우하고 추천한다면 그만큼 대단한 것이 있을 테지. 호기심이 샘솟았다.

이리하여 '가고 싶어지는 고후'를 발견했다. 이모의 묘와 아키토 커피를 즐기러 고후에 1박, 떠나보자고.

아즈사를 타고, 나는 나~

'혼자 여행 규칙'에 따라 청결하고 최신이고 역에서 가까워서 안심이며 그럭저럭 자본이 들어간 호텔이라는 조건으로 숙소를 찾았더니 '시로노호텔 고후'가 나왔다. 역에서 도보 1분, 고후성터 공원과 인접했으며 기쁘게도 옥상에 일본 알프스산맥이 보이는 노천 온천이 있다고 한다. 가격은 비즈니스호텔 수준으로 방은 넓지 않지만 혼자 묵으니까 그건 괜찮다.

신주쿠역에서 고후역까지는 아즈사나 카이지라는 열차를 타고 약 1시간 반이 걸린다. 아즈사에 타면 '아즈사 2호'라는 노래를 열창하고 싶어지는 건 나뿐일까? (카리우도라는 그룹의 노래로, 전 남친과 헤어진 여자가 새로 사귄 남친과 오전 8시에 출발하는 아즈사 2호를 타고 여행을 떠난다는 내용 ─ 옮긴이)

지금은 오전 8시에 출발하는 열차가 '아즈사 5호'로 이름이 바뀌었다. 아무튼 나는 철도 팬이니까 '아즈사, 왠지 좋다!' 싶어서 아즈사를 탔다.

처음으로 혼자 아즈사를 타고 고후역에 도착했다. 역 안에 야마나시 와인을 잔으로 마실 수 있는 코너가 있었다. 세상에! 순간 마음이 덩실거렸으나 상황만 슬쩍 살핀 후 돌아갈 때 도전하기로 하고(겁쟁이라), 역에서 바로인 호텔로 갔다.

그랬더니 이게 웬일인가. 호텔 1층에도 동전 하나(500엔)로 야마나시 와인을 마실 수 있는 셀프 서비스 코너가 있었다! 최고로 멋져. 딱 한 잔만 마시고 한숨 돌렸다.

호텔에 짐을 맡기고 곧바로 이모의 묘로 갔다.

걷거나 버스를 타고 싶었다. 구글 지도로 찾아보니, 묘지가 있는 절까지는 고후역에서 버스를 타고 다섯 정류장 정도다. 오랜 번화가 근처인 것 같다. 고후 중심지에 있는 묘지였다고 새삼스레 생각했다.

그 동네 사람들과 섞여 버스를 타고 가면, 그곳에 사는 기분이 든다. 버스는 거리와 나의 거리를 단숨에 좁혀줘서 좋아한다. 이날은 이모에게 "내일 또 올게요. 오늘은 이 근처에서 묵거든요. 나 혼자요. 잘 부탁해요"라고 인사했다.

묘에서는 소원을 빈다

어려서부터 엄마에게 신사나 절에 가서 소원을 빌면 안 된다는 가르침을 받았다. 신사에 가면 "오늘도 감사합니다"라고 고마워해야만 한다고 들었다.

음, 그래도 신에게 기대고 싶을 때가 있지 않은가. 그래서 내가 소원을 비는 대상은 세상을 떠난 가족, 그것도 실제로 만난 적 있는 사람에게만 빈다. 구체적으로는 몇 분의 이모나 고모, 삼촌, 그리고 조부모.

다른 신들이 나보다 힘든 사람들을 위해 바쁘게

분투할 때라도 그들이라면 내 목소리에 귀를 기울이고 내 용건(소원)을 들어주지 않을까. 그래서 성묘하러 가면 늘 소원을 빈다. "지금 진행하는 책이 무사히 나오기를" "너무 힘들 것 같다고 생각하면서도 받아들인 일이 잘 풀리기를" 등등이다.

이때 나는 좀 골치가 아픈 상황이어서, 고후에 가서 이모에게 소원을 빌고 싶었다. 내일까지 머리를 좀 정리하고 구체적으로 빌어야지.

혼자 먹는 저녁은 정식집에서

혼자 여행의 숙제, 혼밥하는 저녁 시간이 다가왔다. 이날은 묘지에서 호텔로 걸어가는 도중에 우연히 좋은 가게를 발견했다. 오후 2시가 지났는데 밖에서 기다리는 사람이 있었고, 심지어 다들 혼자 온 남자 손님들. 슬쩍 안을 들여다보니, 동네 사람 같은 할머니나 할아버지도 혼자 식사하는 중이었다.

경험상 동네 사람이 오는 곳은 좋은 가게, 그것도 고령자가 오면 틀림없이 훌륭한 가게라고 믿는다. 게다가 역이나 번화가에서 조금 먼데 사람이 줄을 섰다니 좋은 예감만 가득했다. 마침 밖으로 나온 가게 사람에게 "저녁에도 하세요?" 하고 묻자, "5시부터 해요!"라는 대답이 돌아왔다. 가게 이름은 '와카얏코식당(若奴食堂)'이었다.

붐비기 전에 가는 편이 좋겠다 싶어 5시에 갔다. 벽에 오십 종류 이상의 메뉴가 적혀 있었고, 전부 정식으로도 되고 단품으로 시켜도 된다고 했다. 생각보다 더 즐겁다, 정말 즐겁다.

우선 고기와 가지와 피망 볶음, 데운 술 한 홉을 시키고 어떻게 나오나 지켜보았다. 양이 어느 정도인지 파악하고 감자샐러드, 낫토와 참마를 간 토로로, 구운 만두를 시켜서, 식욕에 굴복해 마음껏 먹었다. 아아, 행복하도다.

점점 손님(80퍼센트가 남성)이 느는 시점에 깔끔하게 계산을 마치고 퇴장했다. 이런 가게는 붐비기 전, 문을 열자마자 갔다가 훌쩍 돌아오는 게 최고다.

아직 7시 전, 걸어서 호텔로 돌아가서 다들 저녁을 먹는 중이니까 텅 빈 노천 온천에 들어가 탕에서 벌떡 일어나지 않으면 안 보이는 고후성터를 흘끗거리며 느긋하게 쉬었다.

달리고, 아침 목욕을 즐기고, 커피 한 잔

다음 날 아침, 우선 달리러 갔다. 아침 러닝은 나의 혼자 여행에 빠질 수 없는 이벤트다. 버스를 타거나 걸어 다니는 것과 막상막하로 아침 러닝을 하면 이곳에서 생활한다는 느낌이 확 다가온다. 거리의 크기도 대충 파악할 수 있고, 문이 닫힌 아침의 가게는 의외로 수다쟁이여서 일하는 사람이 가게에 품은 애정이 그대로 보인다.

호텔이 있는 고후역 앞에서 바로 돌계단을 올라가 고후성터로 갔다. 올라가는 동안 지쳐서 조금 속도를 늦추며 반대쪽으로 내려오자, 오래된 오카지마 백화점이 있는 중심가가 나왔다.

아침 러닝 덕분에 일본 알프스산맥의 아름다움에 크게 감동했다. 5분이면 바다가 나오는 곳에서 자란 나는 선명하게 보이는 새까맣고 험준한 능선, 공포심이 느껴지는 산 풍경이 굉장히 신선했다. 인공물을 일절 거절하는 아름답고 고상한 산이 가까이 있는 일상은 어떨까.

호텔로 돌아와 목욕탕에 아침 목욕을 하러 갔다.

혼자니까 이번에도 우뚝 섰는데, 후지산이 보였다. 운이 좋다!

커피 미아에서 탈출

호텔에서 체크아웃하고 드디어 아키토 커피에! 커피, 그리고 브런치로 조금 달콤한 것을 먹고 다시 이모의 묘에 갈 계획이었다.

미쉐린은 설령 멀어도, 타이어를 닳게 해서라도 가야 하는 가게에 별점을 매긴다. 결론부터 말하면 아키토 커피가 그런 곳이었다.

고후역 북쪽 출구, 호텔과는 반대 방향이다. 북쪽 출구는 높은 건물이 적은 덕분에 아름다운 산등성이가 더욱 가까이 보였다. 아키토 커피는 가로수길 옆 오래된 민가를 보수한 소규모 카페였다. 2층에서 밖을 내다보며 커피와 케이크를 먹을 수 있다.

카운터에서 핸드드립으로 한 잔씩 커피를 내려줘서, 안으로 들어간 순간 커피 향에 감싸였다. 화창한 초여름날, 오래된 유리창으로 비스듬하게 들어오는 햇살에 커피가 일렁일렁하는 광경을 보고 있자니 꼭 시간이 멈춘 것 같았다.

살짝 가벼운 라이트 로스트 커피를 골랐다. 사실 최근 몇 년 동안 커피가 맛있지 않았다. 배송받아 먹는 원두도 뭔가 좀 아니다 싶었다. 맛있다는 평을 듣고 찾아간 카페도 입에 안 맞았다. 커피 미아가 된 걸까. 혹시 커피가 싫어졌나? 이런 생각까지 들었다. 그래서 원래는 다크 로스트를 고집했는데 최근 들어 라이트 로스트 커피도 마시기 시작한 참이었다.

음, 이 커피는…… 가능하면 매일 아침 마시고 싶다는 생각이 오랜만에 들었다. 이로써 커피 미아 탈출. 다행이다.

라이트 로스트 커피는 자칫하면 보리차 같은 맛이 되기 쉬운데, 아키토 커피의 한 잔은 그으한 커피 향이 충분히 남아 있고 산미도 적당했다. 또 부드러웠다.

꿈만 같은 당근케이크와 만나다

나는 자칭 당근케이크 오타쿠. 발상지라고 하는 영국에서도, 당근케이크를 발견할 확률이 높은 뉴욕이나 보스턴에서도, 일본에서도 열심히 먹었다. 잘 갈린 당근이 넉넉하게 들어가되 날 것 같지 않고, 당근에 뒤처지지 않을 만큼 버터도 들어갔고, 사우어 크림 아이싱이 올라가 가벼운 느낌이 나는 계열을 좋아한다.

아키토 커피에서 문득 눈에 들어온 당근케이크도 당연히 먹었다. 그랬더니 세상에, 엄청난 일품이었다! 향신료 맛이 나고 설탕은 적당하게 들어갔으며 단단하면서도 가벼운, 좋은 의미로 개성적이다. 지금까지 먹고 기억에 남았던 당근케이크 그 이상인 마이 넘버 원.

아낌없이 공들이고 유행을 좇지 않고, 만드는 사람의 취향에 따라 만든 당근케이크가 분명했다. 어떤 사람이 이걸 만들었을까? 손님에게 제공하면서 자기다움을 잃지 않고, 또 손님의 취향을 과도하게 의식하지 않기란 어렵다.

이모와 함께 커피를

그래, 이모랑 마셔야지. 커피, 그리고 역시 맛있

어 보이는 브라우니를 사서 어제 탔던 버스를 타고 다시 묘를 찾았다. 이모에게 커피를 공양하고 나도 커피를 마시며, 조금 이야기를 나눴다.

두 번째 책의 출간이 정해져서 "이번에는 맛국물에 관한 책이에요"라고 이야기하자, "얘야. 집에서 맛국물을 내리는 사람은 이미 멸종하는 중이야. 요즘 아가씨들이 그런 책을 좋아하겠니?"라며 장난스럽게 웃었다. 이 대화가 이모와 나눈 마지막 대화였다.

아는 사람 하나 없는 고후에서 쓸쓸하죠? 가끔은 대화 상대가 있으면 좋겠죠? 입으로는 이런 소리를 하지만 이모에게 말하고 싶은 쪽은 나였다.

그 후로 10년이 지났어요, 이모. 예상대로 맛국물 책은 별로 팔리지 않았지만, 그 후에도 책을 낼 수 있었고 지금은 그럭저럭 요리연구가라고 불리고 있어요. 이모, 고마워요.

그래도 나는요, 먹보답게 수고와 시간을 듬뿍 들이며 만들고 싶은 요리와 속도성을 요구하는 사람을 위한 만들기 쉬운 요리, 이 양쪽을 오가고 있어요. 나는 여전히 이리저리 흔들려요. 이렇게 말을 걸었다.

"먹고 싶으면 만들어야 한다고, 버스와 전철을 타고 1시간이나 걸려 쇠심줄을 사와서 찜을 만들었죠?" "이모, 사실은 좋아한다고 고백하면서 인스턴트 토마토수프도 샀죠." "따끈따끈한 흰쌀밥에 가다랑어포와 버터만 얹은 점심, 우리 둘이 자주 먹었죠." 맞아, 그랬어. 생각난다.

묘지에 바치는 격식 있는 꽃 말고 이모가 좋아하는 꽃을 놓으려고 역 앞에서 산 보라색 카네이션, 홍차색 장미, 옥시페탈룸을 꽃병에 꽂고 작별 인사를 했다.

물론 소원도 잔뜩 빌었다. 내가 좋아하는 연재가 앞으로도 이어지기를. 나가사키에 사는 엄마, 그러니까 이모의 여동생이 다시 성큼성큼 걸어 다닐 수 있는 몸이 되기를. 그렇지, 가능하면 나 조금만 살 빠지게 해줘요(저기, 그건 어렵거든! 이라는 대답이 들렸다).

돌아오는 길, 처음 도착했을 때 발견한 고후역 구내의 서서 마시는 야마나시 와인 가게에 들러 과감하게 한 잔을 마셨다. 아키토 커피의 브라우니(이게 또 일품이었다)를 친구 삼아 아즈사를 탔다.

호류지에 갔더니 새로운 세계가 펼쳐졌다

나라

나라에 가고 싶은데 혼자 여행으로 가기에는 조금 어려울 것 같아서 망설였다. 대충 10년 전쯤 파트너와 같이 갔던 때의 기억을 되짚으면, 유명한 절인 도다이지, 야쿠시지, 도쇼다이지는 모두 너무 크고, 멀리 떨어져 있어서 이동하기 어려우며 밤에는 어두컴컴했던 것 같다. 혼자 갈 수 있을까? 그래도 이상하게 나라에 끌리는 요즘이다. 나라의 사슴이 나를 부르나?

나라는 넓지만 콕콕 집어서 간다면 괜찮을지도. 새로 호텔도 생긴 것 같으니 나라역 앞에 묵으며 소풍 가는 기분으로 호류지에 가도 되지 않을까? 그래서 조사를 시작했다. 그랬더니 찾고 말았다. 호류지 가이드 투어가 포함인 숙소를. 심지어 호류지 산문에서 100걸음 정도 떨어진 곳이었다.

이 숙소에 묵으면 아침 9시부터 2시간 동안 호류지를 속속들이 안내해준다고 한다. 게다가 전날 밤에는 1시간가량 슬라이드를 보여주며 호류지 강의도 해준다고. 이곳에서 호류지에 푹 잠겨 보면 어떨까? 멋진 1박 여행이 되지 않을까?

그러나 이 산문 앞 숙소 '와쿠 호류지'는 혼자 여행자 대상의 호텔이 아니라 전통 여관 같았다. 게다가 조식과 석식 포함인 패키지뿐이었다. 평소의 겁쟁이 정신이 무럭무럭 고개를 들었다. 틀림없이 가족이나 커플이 잔뜩일 텐데 거기서 혼자 오도카니 저녁을 먹으라고? 불가능해, 무리야!

으음. 하지만 잠깐만. 혼자 여행에 매번 따라오는 숙제, 저녁밥을 걱정하지 않아도 되는 건 좋을지도 모른다. 그렇지? 일단 도착하면 호텔에서 나가지 않아도 되니까⋯⋯ 하고 불안을 꾹꾹 쑤셔 넣고, 처음으로 석식 포함인 숙소로, 아니 호류지로 혼자 여행을 떠나기로 했다.

관광 여관에서 나 혼자 저녁밥에 도전

호류지에 가까운 역은 JR 서일본 호류지역. 나라에서부터 재래선(JR에서 운영하는 철도 중 신칸센이 아닌 철도의 총칭 - 옮긴이)으로 세 역, 11분이 걸린다. 교토에서 JR 나라역까지 가서 갈아타면 된다. 통근이나 통학을 위해 이용하는 승객도 많은 열차다.

열차를 탄 고등학생을 보며 집 근처가 호류지역이라니 어떤 기분일지 상상했다. 매번 하는 '이곳에서 태어나고 자랐다면 어떤 인생일까?'라는 망상을 펼치다 보니 금세 도착했다. 의외로 주택가에 있는 평범한 역이었다.

구글 지도로 찾아보니 숙소, 즉 호류지까지 가는 버스가 배차 간격이 길다고 해서 이번에는 특별히 택시를 타고(800엔 정도) 일단 숙소로 갔다. 도착한 곳은 비교적 새로 생긴 빌딩으로, 청결하며 현대적인 호텔 같았다. 주변에는 정말 호류지뿐이었다.

안내받은 방이 하도 조용해서 곧바로 불안해졌다. 그래서 식당이나 목욕탕에 가려고 방을 나갈 때는, 미션 임파서블처럼 누가 침입하면 걸려 넘어지게 캐리어를 문 바로 옆에 놓았다. 밤에 잘 때도. 뭐 이런 겁쟁이가 다 있는지. 도대체 누가 침입하는데?

연회장에서 먹은 석식은 역시 걱정했던 대로 외따로 떨어진 느낌이 컸다. 모두가 '어머나, 저 사람 혼자 왔나?' 하고 가엾게 여기리라고 특기인 망상을 펼쳤는데, 둘러보니 어느 테이블이나 자기들끼리 즐거워서 나에게는 흥미도 없었다. 여관에서 혼자 석식에 도전했다. 솔로 활동이다! 의욕이 대단했는데, 일단 해보니 가게에 가서 혼자 저녁을 먹을 때보다 쾌적한 것 같았다.

지역 맥주를 시켜 꿀꺽 마셨다. 마음이 놓이자 이야, 이거 참 혼자여서 마음이 편했다. 위험 몸무게가 될 것 같으니 쌀밥은 패스하고 후식도 좋아하는 과일만 먹으면서 남의 시선을 신경 쓰지 않았다.

여유로워져서 주변 테이블을 관찰했는데, 칸막이가 있어서 모습은 여성 쪽만 보이나 대화를 들어 보니 60대 정도로 짐작되는 부부도 있었다. 취미가 나쁘다고 생각하면서도 대화를 엿들으며, 상황을 잘 모르는 주제에 뭐 저렇게 귀찮은 남자가 다 있나 싶었는데, 처음에는 뭐라고 항변하던 여성(아내)이 "응응, 그러네" 하고 대화를 포기해서 웃겼다.

참고로 다음 날 아침, 그 두 사람은 숙박비를 '따로따로' 해달라고 프런트에 말하고 각자 냈다. 어라, 어라라?

어쨌거나 이 숙소는 호류지 투어에 참가하기 위해서 숙박객 대부분이 아침 9시 로비에 모이니까 이런저런 것을 보게 된다. 자, 기다리고 기다리던 호류지 투어로 레츠 고! 9시부터 2시간. 이번 여행의 메인 이벤트다.

전설의 가이드는 프런트 직원! 호류지에 품은 뜨거운 열정

2시간, 걸어서 돌아보는 호류지. 너무 길지 않나 싶었는데, 결론부터 말하면 눈 깜짝할 사이에 흐른 시간이었다. 또 대단했다. 다음에는 좀 더 공부하고 한 번 더 참가하고 싶다고 결심했을 정도다.

혼자 참가한 사람은 나뿐이었지만 다들 나를 신경 쓰지 않아서 여기에서도 아주 자유로웠다. 애초에 이 투어, 시작하기 전에 "자유로운 투어입니다.

힘드시면 따로 말씀 없이 슬쩍 빠져나가셔도 돼요"
라고 했다. 재치 있다. 실제로 고령의 부부가 슬쩍 빠
져나갔다.

　　재치 있는 가이드는 알고 보니 호텔 프런트 직원
이었다. 몇 번이나 "저는 그저 프런트 직원입니다"
라고 말했다. 방 정리나 체크인도 한다고. 본인이 말
하기를 프로 가이드가 아니라 단순히 '호류지 덕후'
라고 한다.

　　하지만 덕후이기 때문일까, 호류지 사랑이 흘러
넘치고 하고 싶은 말이 잔뜩이라 숨 막히는 듯한 느
낌이 아주 좋았다(칭찬입니다). 보는 사람까지 기쁠
정도로 호류지 사랑이 뜨거워서 기분도 좋고 최고였
다. 직원 등에 "비바! 호류지!"라고 적힌 게 내 눈
에는 보였다. 그래서 그 사람을 남몰래 '호류지의 그
대'라고 불렀다.

　　호류지의 그대가 말하기를, 사실은 8시간 이상
걸리는 투어를 2시간으로 밀착해서 담았다고 한다.
정말로 한 편의 영화에 뒤지지 않는 최고의 엔터테
인먼트였다.

이렇게까지 사람을 끌어당기는 매력이란?

"여러분, 수학여행으로 가서 둘러본 기억만 있더라도 도다이지는 대불, 나라 공원은 사슴, 고후쿠지는 아수라상이 인상 깊게 남았을 겁니다. 그런데 호류지는 어떻죠? 쇼토쿠 태자(일본 아스카 시대의 정치·사상가. 호류지를 건립하였다 - 옮긴이)만 기억나고 뭘 봤는지 기억 못 하는 게 호류지죠. 자, 무엇이 대단한지 하나씩 설명하겠습니다."

호류지의 그대가 말했다.

왜 아치형 들보가 있는가? 중앙이 굵어지는 기둥의 비밀은? 중문에 선 금강역사의 입 벌린 아상과 입을 다문 훔상의 차이, 차이가 있는 이유, 오층탑 안에 든 찰흙 소상(국보인 탑본사면구) 해설까지, 그야말로 감탄의 연속이었다.

"8시간을 투자해도, 일주일간 매일 같이 다녀도, 십수 년 가까이 몰입해도 호류지에는 끝을 모르는 매력이 있습니다." 호류지의 그대가 말했다. 그 아주 일부, 콩알만큼만 배웠을 뿐인 나도 호류지의 매력을 알 것 같았다. 마음속으로 박수갈채를 보냈다.

설명을 전부 마친 호류지의 그대는 마지막으로 호류지의 보물을 모아놓은 '대보장원'의 볼거리를 직접 기록해서 만든 출력물을 나눠주었다. 이제부터 호류지의 그대가 없더라도 재미있게 볼 수 있게. 아아, 이런 마음 씀씀이라니!

불상 보는 법을 배우고 불상 순례

혼자 여행은 자유롭고 마음은 편하나 결단의 연속이기도 하다. 직접 정하지 않으면 한 걸음도 나아가지 못한다. 자, 호류지 투어를 만족스럽게 끝낸 이후의 한나절, 저녁까지 어디에 다녀올까?

처음에는 혼자니까 절 하나하나 거리가 먼 나라를 돌아보는 건 포기하고, 열차를 타고 교토로 돌아가면서 우지시의 절 뵤도인에 들를까 생각했다. 그래도 투어 중에 호류지의 그대에게 '불상 보는 법'을 배운 덕분에 갑자기 불상을 보고 싶었다. 갈 곳을 바로바로 바꾸는 것도 혼자 여행의 특권이다.

들은 지식이라 면목 없으나 불상 보는 법을 간단히 설명하고 싶다.

먼저 아스카 시대 초반에는 동으로 만든 불상이 많았다. 당나라에서 몇 달이나 배를 타고 오니까 튼튼한 동상만 무사히 도착했을 것이라는 짐작이다.

일본에서도 동으로 불상을 제작했는데, 일본에는 동이 풍부하지 않다. 이후로는 도래인(중국과 한반도에서 일본열도로 건너온 사람들 – 옮긴이)에게 "흙으로 만들면 어때요? 내 고향에서는 흙으로 만들었는데"라는 조언을 듣고, 흙(진흙이나 점토)으로 만든 불상, 즉 소상이 주류였다. 먼저 나무 골조를 세우고, 밧줄을 두르고 점토를 바르며 만들었을 것이다. 부드럽고 가공하기 쉬우므로 표정도 만들기 쉽고 복원도 쉬우며 재료도 저렴하게 얻을 수 있으니 많이 제작했다고 한다.

단, 중국이나 한반도에서는 부식하지 않았던 흙이 습기 많은 일본에서는 부식해서 오래 버티지 못한다는 것을 알았다. 게다가 흙은 너무 무겁다.

그래서 나무 골격에 종이나 천을 여러 겹 붙이고 옻칠하는 방식의 건칠조 불상을 만들게 되었다.

하지만 옻칠도 너무 비싸고 만들기 힘들므로 헤이안 시대 이후에는 차츰 목조가 주류였다. 처음에는 나무 하나를 깎아 만들었는데, 후대로 갈수록 따로따로 만들어 조합하는 접목 기법을 썼다. 언뜻 보기에는 같은 목제인데도 한 바퀴 돌아보면, 나무 하나로 만들었는지 접목인지 알 수 있다.

이후 가마쿠라 시대에는 눈을 반짝거리게 하려고 눈에 수정을 넣기 시작했다.

이렇게 배웠으니까 눈으로 보고 확인하고 싶은데? 무럭무럭 호기심이 샘솟았다. 도다이지와 고후쿠지에도 보물을 소장한 박물관이 있다고 하니까 가볼 수밖에.

도다이지 박물관에 가다

그렇다면 먼저 도다이지로. JR 나라역까지 가서 물품 보관함에 짐을 맡기고, 시간 절약을 위해 택시를 탔다.

여성 택시 기사에게 도다이지에 가달라고 하자, 멋진 제안을 해주었다. "도다이지 이월당에 가보셨어요? 언덕 위니까 괜찮다면 먼저 이월당으로 가서 위에서 아래로 내려오시면 어때요?"

오오, 이월당이라면 오미즈토리(3월 12일 심야부터 새벽에 걸쳐 관음보살에게 바칠 물을 길어 올려 운반하는 의식 - 옮긴이)로 유명하지 않나. 가본 적 없으므로 먼저 국보인 이월당에 갔다(택시로 1,000엔이 조금 안 나왔다).

교토의 기요미즈데라와 비슷했다. 흠, 어디가 먼저 세워졌지? 지금 건물은 에도 시대에 재건된 거라고 하는데……. 이런 생각을 하며 아래에 펼쳐진 나라 공원을 내려다보았다. 여기에서 도다이지까지 걸어가야 한다. 그나저나 정말 넓었다. 우선 대불전으로 가서 대불님을 뵀다. 불상 구경을 잠깐 하고 곧바로 도다이지 박물관에 갔다. 새로 지어서 화장실도 깨끗하고 보물을 잔뜩 구경할 수 있었다.

특히 나라 시대에 만들었다는 2미터 넘는 소상, 일광불(일광보살)과 월광불(월광보살)은 반드시 보기를. 당연히 두 보살님 다 국보다. 오오, 진짜로 점토구나, 하고 조금 감동했다. 차분하고 아름다운 존안이셨다.

아수라상을 보러 고후쿠지에

솔직히 이쯤에서 버스나 택시를 타고 싶은 유혹을 느꼈는데, 둘 다 없었다. 코로나 때문에 관광객이 주는 먹이가 사라져서 살 빠진 사슴들의 사진을 찍으며 다음 목적지인 고후쿠지로 갔다. 예전에 우에노 도쿄국립박물관에서 본 아수라상과 재회하려고 부지런히 걸었다.

바로 옆 건물이 고후쿠지인데, 그 옆이 멀었다. 헐떡이며 걸어서 간 보람이 있었다. 고후쿠지 국보관은 말 그대로 국보의 숲 같았다.

아수라상은 불법을 수호하는 여덟 신장 팔부 중 하나로, 다른 일곱 신장도 모여 계셨다. 전에 우에노에서 봤을 때는 행렬이 길어서 몇 시간을 기다려야 했으니까 여기에서는 이득을 본 기분이었다. 사천왕입상도 공개 중이어서 볼 수 있었다.

아수라상은 생김새가 서늘한데도 다정하다. 구경하던 사람이 동행인에게 "얼굴이 다정하다"라고 속삭일 확률이 아주 높을 것 같았다. 나는 혼자니까 "응, 그러네" 하고 속으로 대답했다.

그런데, 그런데 말이다. 얼굴 생김새 이상으로 그 불상들이 탈활건칠조여서 감동했다! 탈활건칠조는 옻칠 내부가 비었으니까 대부분 높이는 150센티미터, 무게는 14킬로그램 정도로 가볍다. 그러니 화재 같은 재난을 피해 오늘날까지 살아남았다고 할 수 있다. 누군가가 번쩍 들어서 도망쳤겠지.

오, 이것도, 이것도 탈활건칠조잖아! 일일이 기쁨을 곱씹는 나. 구구단을 갓 외워 종일 중얼거리는 초등학생 같지 않나? 이런 즐거움, 이런 기쁨, 전부 호류지의 그대 덕분이다.

이렇게 불상을 보고 소재, 제조법, 표정부터 시작해 얼마나 오래됐는지, 가마쿠라 이후인지를 대충 알게 되었다. 불상에 관한 책을 읽는 즐거움도 알았다.

또 나라·헤이안 시대 이전의 불상은 국보가 될 확률이 높다는 것도 알았다. 단순히 오래되어서 보물인 것은 아니나, 역시 오래되고 희귀하기에 국보로서 소중히 여기는 것이겠지.

일품 젠자이와 한때의 휴식

이날은 아침 가이드 투어부터 시작해 결국 2만 4천 걸음을 걸었다. 녹음과 사슴과 일찍 핀 벚꽃을 보며 걷는 길이 피로도 깔끔히 잊게 해줄 줄 알았으나 역시 지쳤다. 아이고, 열심히도 걸었구려. 나를 칭찬하며 17시 전에 오늘의 첫 휴식 시간을 가졌다.

휴식처로 고른 곳은 '가시야(樫舎)'로, 화과자 애호가들이 하도 절찬해서 언젠가 가보고 싶었던 나라의 유명한 화과자점이다.

이날은 팥죽인 젠자이를 시켰다. 팥을 삶고, 얼음 설탕(빙당)에 담가 만든다고 한다. 불순물 없이 깔끔한 맛이었고, 떡이 세 종류 들었다. 화과자를 좋아하는 여자 손님들이 대부분인 가게 안은 아주 편안했다. 화과자를 좋아하는 친구에게 줄 선물로 마른 과자를 샀다.

저녁놀이 물들기 시작한 나라 거리, 기점인 JR 나라역을 향해 분발해서 걸었다. 등 뒤, 바로 근처에 긴테쓰 나라역이 있었다. 아아, 간사이 지방은 민영 철도와 JR 역이 왜 이리 멀리 떨어진 거야, 대체 이유가 뭐야, 이런 생각을 하며 걷고 또 걸었다.

역시 좋다니까, 쇼핑 천국

오사카

1년간 뉴욕에서 지낸 적이 있다. 이렇게 말하면 "뭐야, 영어도 잘하나 봐요?"라고 생각할 수 있는데, 전혀 잘하지 못해서 매우 과묵한 하루하루를 보냈다.

그런 나도 뉴욕에서 지내면서 '오, 좋은데? 나도 해봐야지!'라고 생각한 것이 있으니, '좋은 일을 입밖에 내기'이다. 맛있다, 멋지다, 귀엽다, 기쁘다, 고맙다. 하여간 뉴욕에는 이런 긍정적인 말을 하는 사람이 많았다.

어느 날, 신호등이 바뀌기를 기다리는데 멋진 여성분이 "그 신발 귀엽네요. 어디에서 샀어요?"라고 물었다. "아, 이거요? 고맙습니다. 방콕이요. 헤헤."

"나이스! 멋진 선택이에요."

또 어느 날, 블루밍데일즈라는 백화점에서 계산원이 "오늘 옷이 정말 멋있어요!"라고 말을 걸어서 "와우, 고마워요!"하고 대답하며 지나갔다.

옷을 입어볼 때도, 원피스 두 벌을 입어봤더니 마찬가지로 옷을 입어보던 다른 손님이 "이건 꼭 네이비예요. 베리베리 어울려요, 원더풀!"이라고 말했다. 당연히 기분이 좋아져서 네이비를 샀다.

일일이 거론하면 끝이 없을 정도로 모르는 사람이 말을 걸고 사소한 것을 칭찬했다. 지금 글을 쓰며 떠올려도 기분 좋다. 일본(도쿄 쪽)에서는 해보지 못한 경험이다. 좋다, 좋아, 뉴욕! 이러다가 문득 생각났다. 아, 이런 동네, 일본에도 있잖아.

오사카다.

오사카와 뉴욕은 비슷하구나. 뉴욕에서 지내면서 계속 이렇게 생각했다.

"아이고, 뭘 저리 서두르는 겨?"

처음으로 혼자 오사카에 갔을 때다. 이제 막 11

월이었는데, 나는 코트를 새로 장만하고 너무 기뻐서 당장(!) 두툼한 울 헤링본 코트를 입고 우메다역 상행 에스컬레이터를 탔다. 그랬더니 옆의 하행 에스컬레이터를 타고 내려오던 아주머니 둘이 말했다.

"아이고, 뭘 저리 서두르는 겨? 좋아 보이긴 하네." "잘 어울리긴 하네?" 응? 응? 혹시 나 말인가? 이 한겨울 코트를 말하는 거지?

지나가며 순간적으로 건 태클에 나는 폭소했다. 정말로 옳소이다, 아직 얇은 트렌치코트로도 괜찮은데 뭘 이리 서둘렀담. 머릿속으로 나 자신에게 태클을 걸었다. 오사카 첫 혼자 여행이어서 불안했는데 순식간에 마음이 편해졌다.

긍정적인 말이라고 하긴 어렵지만 악의라곤 1밀리그램도 없고, 무엇보다 재밌잖아.

특산품은 '익살', 피식 웃는 게 중요하다

도쿄에 이사 오고 한 달 만에 위궤양을 앓은 오사카 출신 여자 친구가 있다. "집에서 역까지 가는데, 아니 직장까지 가는 동안 어떻게 아무도 말 한마디를 안 해? 다들 무서운 얼굴로 멍하니 있고. 대체 뭐야~" 고향인 오사카라면 누군가 반드시 "덥구먼" 같은 소리를 한다는 것이다. "그게 좋아. 그래야 안심된단 말이야." 이것이 친구의 주장이다.

내 파트너는 부모님 전근으로 어렸을 때 간사이에서 도쿄로 이사를 왔는데, 도쿄 시티에 사는 초등학생에게 "너 말을 편하게 막 한다"라고 가볍게 불평을 들었다고 한다.

그러고 보면 내 고향 규슈 나가사키도 하고 싶은 말을 바로바로 하는 사람이 많다. 관광객이 곤란해하는 모습을 보면 솔선해서 무슨 일이냐고 도와주는 사람도 많다. 오사카와 통하는 부분이 있다.

거기에 더해 오사카 특산품은 '익살'인 것 같다. 이른바 '오치'라고 하는 가볍고 유쾌한 마무리를 다들 기대하는 것 같다. 그런 점이 초연한 면과 연결되는 것 아닐까. 오사카에 오면, "뭐, 인생 그렇게 심각하게 생각할 것 없수다"라고 어깨를 두드려주는 느낌이라 마음이 놓인다(개인적인 감상입니다).

다만 대도시니까 관광 명소는 별로 없다. 그러므로 나는 오사카에서 관광을 거의 안 한다. 그러면 혼자서 뭐 하느냐? 먹고, 달리고, 쇼핑을 한다.

세상에서 제일 좋아하는 백화점,
한큐 우메다 본점

왜 오사카에서 쇼핑하느냐? 편하기 때문이다. 최근 몇 년, 인터넷 쇼핑 이외에 구매한 옷 중 70퍼센트는 오사카에서 샀다.

오사카에 가면 지금 다들 어떤 옷을 입고 어떤 신발을 신는지 유행 아이템을 살펴보는 것도 즐겁다. 왜 그럴까 궁금했는데, 같은 백화점이라도 도쿄와 다른 '오사카 라인업'이 있기 때문이었다.

도쿄에서는 내가 '베백남검(베이지, 백색, 남색, 검은색)'이라고 부르는 시크하고 차분한 기본 상품이 메인이다. 옷뿐 아니라 식기나 냄비, 과자나 빵도 그런 것 같다.

오사카는 내가 보기에 훨씬 더 화려하고 장난기 넘치는 상품이 많다. 세계적인 브랜드, 예를 들어 프라다나 셀린느도 상품 구성이 다르다고 들었다.

일본 브랜드도 동쪽과 서쪽의 '주력 상품'이 다

른 것 같다. 오사카는 화사함, 다만 단순히 화려한 것이 아니라 독창성이 강한데, 이게 내 취향에 맞는 것 같다. 또 도쿄는 가게에 따라 내 쪽이 평가당하는 기분이라 주눅이 들어서 들어가기 어려울 때도 있다. 오사카에서는 전혀 그런 적이 없었다.

어느 날, 좋아하는 백화점 한큐 우메다 본점을 혼자 돌아다닐 때였다. 에스컬레이터를 타려는데, 문득 남색과 푸시아핑크의 멋진 카디건이 눈에 들어왔다.

시선이 확 꽂혔으나 자세히 보니 셀린느였다. 어떻게 사겠나 싶어 떠나려고 하는데, "이거 멋있죠! 한번 입어보세요!" 하고 점원이 권유하지 뭔가!

"아니, 아니에요……. 절대로 못 살 테니까요." 솔직하게 반응하는 나였다.

"에이, 그래도 지금 한가하니까 한번 입어보고 뭔가 느낌을 말해주시는 것만으로도 좋아요. 입는 건 공짜니까요. 자자."

자자, 라니 너무도 친근하다. 설령 판매 작전이더라도 그야말로 최고 수준으로 싹싹하다. 이거, 입었다가 예상치 못하게 감동해서 카디건용 적금을 시작할지도 몰라.

그날은 너무 면목 없어서 입어보진 않았으나, 평소에 그냥 지나치는 매장에 들어가 그 시즌의 셀린느가 뿜어내는 매력을 즐겁게 알아갔다. 물론 한큐우메다 본점을 더더욱 좋아하게 된 것은 말할 것도 없다.

이런 이유로 혼자 오사카에 가면 한큐에 자주 간다. 도쿄에 있는 물건도 일부러 여기에서 사기도 한다.

옷을 입어봤는데, 피팅 공간에 함께 있던 모르는 분(손님)이 "어머, 잘 어울려요. 그거 어디 있었어요?"라고 말을 걸어서 흥분한 적도 있다. 한큐는 화장품 판매대도 무섭지 않으니까 추천한다.

여행은 아침이 보물!
특히 오사카는 아침이 좋다

나이를 먹으면서 여행은 '아침이 보물'이라고 생각하게 되었다. 아침, 거리가 움직이기 전 시간은 그곳에 사는 사람들만의 것이다.

특히 오사카는 맑은 날 아침이 좋다. 오사카가

배경인 〈아침이 왔다〉라는 NHK 아침 드라마가 있다. 드라마의 무대이기도 한 오사카 중심부, 일본은행이나 증권거래소, 또 강 사주(砂洲)의 나카노시마 도서관 근처는 맑은 날 아침에 달리기 아주 좋다.

오사카는 강의 도시다. 시가현 비와호에서 흘러오는 유일한 강인 요도강이 흐른다. 지류도 많은데, 나카노시마를 끼고 둘로 나뉘는 강이 북쪽의 도지마강과 남쪽의 도사보리강이다. 도사보리강의 다리 '요도야바시'는 에도 시대에 부유한 상인이었던 '요도야'에서 유래한 이름이다. 요도야가 자비로 다리를 건설해서 '요도야바시'라고 한다. 대단해라.

내가 추천하는 러닝 코스는 이 요도야바시 다리에서 시작한다. 나카노시마 사주로 내려가 오사카시 중앙공회당을 바라보며 산책로를 쭉 달려→나니와바시 다리를 빠져나와 나카노시마 공원의 장미공원을 지나고→나카노시마 공원에서 덴신바시 다리(쭉 도는 육교 같은 곳)를 지나→강을 따라 기타하마역 방면으로 돌아가→나니와바시 다리의 사자상을 오른쪽에 두고 오사카 증권거래소와 고다이 도모아쓰(에도 막부 말기부터 메이지 시대의 사업가-옮긴이)의 조각

상을 왼쪽에 두고서 요도야바시 다리로 돌아온다.

이 코스는 주변 건축물도 멋지고 다리 디자인도 제각각 달라 매번 뭔가 새롭게 발견한다. 물론 산책하기에도 즐거운 곳이다.

도중에 공회당 근처 '스이쇼바시'라는 아름다운 다리에도 잠깐 들러볼 것을 추천한다. 이 다리 옆의 '오사카부립 나카노시마 도서관' 건물도 정말 좋아한다. 러닝을 마치고 점심때쯤 다시 가서 한동안 멍하니 있는 것도 좋다.

아침 길거리에는 새로운 하루가 시작하는 긍정적인 분위기가 가득해 러닝을 하며 오사카 혼자 여행을 만끽했다.

미도스지를 북에서 남으로

오사카 한복판을 달리는 미도스지(럭셔리 브랜드, 아울렛 등이 모여 있는 중심가 거리) 러닝도 추천한다.

양쪽에 가로수가 있고, 인도도 넓어 달리기 편한 것도 매력적이다. 곳곳에 벤치와 조각 오브제가 있어서 구경하는 재미도 있다. 6차선 도로인데 일방통

행인 점도 좋다.

'우메다에서 난바까지'라는 명곡이 있는데, 이처럼 이상하게 북쪽인 우메다에서 시작해 남쪽인 난바로 가게 된다. 도중에 미도스지에서 벗어나 진행 방향 왼쪽의 센바 아케이드 상점가를 지나거나 마음 내키는 대로 외길에서 벗어났다가 돌아오며 달린다.

몸이 무겁거나 지치면 러닝복 차림으로 들어가도 되는 찻집이나 카페에 들른다. 오사카는 땀범벅이 되어 들어가도 괜찮은 가게가 많다(아마도).

뭘 먹어도 정답

오사카는 맛있는 가게만 살아남는 것 같다.

도쿄는 야경이 예쁘거나 실내 인테리어가 멋지거나 요리가 아름답거나, 인기 모델이 운영한다거나 유명한 빌딩에 입점했다거나 하는 요소로 손님이 꽉 차는 가게가 많은데, 오사카는 그렇지 않다(내 생각이다). 맛있고 가격도 적절한 게 제일 중요하다.

조금 성급한 생각일 수 있는데, 대기업이 아니라 지역 자본이 들어갔고 가능하면 개인이 꾸리는 곳이며 10년 이상 유지한 가게라면 어디에 들어가도 정답이다. 흉이 나올 일 없는 길흉 제비 같은 것이다.

평범한 정식집, 우동집, 오뎅집, 가벼운 요리가 있는 찻집 등 원하는 시간에 들어가도 되고 혼자서도 편하게 갈 수 있는 가게도 아주 많다.

그런 가게가 밀집한 '신우메다 식도가'도 있다. 우메다, 즉 오사카역에서 멀지 않은 우메다 한큐 옆, 쇼와 시절 분위기를 풍기는 식당가다. 서서 먹는 꼬치튀김, 오뎅, 꼬치구이, 오코노미야키, 다코야키, 수수께끼의 파르페 가게 등이 가득하다.

어느 가게나 혼자 온 손님이 있어서 혼술을 잘 못하는 나도 슬쩍 들어가기 부담스럽지 않고, 심지어 몇 차씩 돌아다니며 마시기도 좋다. 이른 저녁에 가기를 추천한다.

'갓포'라는 카운터석 스타일의 일식 요리도 오사카의 명물인데, 여기도 혼자 가기에 좋다. 혼자서는 좀처럼 즐기기 어려운 본격적인 일식을 카운터석에서 먹을 수 있다.

백화점 식품관도 낙원~
우메다 세 자매로 GO!

　혼자 가게에 들어가기 불안하다면 백화점 식품관에 가보자. 정말 먹을 것이 많다.

　백화점 식품관이라면 혼자 온 여자도 전혀 튀지 않는다. 쇼핑하는 사람 대부분 여성이고 혼자다. 특히 한신 우메다 본점, 한큐 우메다 본점, 다이마루 우메다점의 '우메다 세 자매(내가 이렇게 부른다)'는 오사카역에서 금방이고 거의 인접해 있어서 빙 둘러보기 좋고, 한나절은 즐길 수 있다. 아아, 가고 싶네.

　역시 오사카, 백화점 식품관인데도 너무 비싸지 않고 품질이 좋으니까 도쿄에도 있는 제철 과일까지 사고 싶어진다. 한큐 우메다 본점에는 세련된 가게 사이에 갑자기 100엔 빵 코너가 있어서 마음이 편해진다. 와인이나 토속주도 당연히 있다.

　어느 여름날, 출장으로 와서 혼자 이틀을 머물렀다. 늦은 점심을 든든히 먹었는데 저녁은 어떻게 할까. 그다지 배가 고프지 않으니 와인바에 갈까? 아니, 피곤해서 영 용기가 안 났다.

그래서 한신 우메다 본점 지하 식품관에 갔다. 한신 식품관은 신선 식품이 알차서 자주 구경하러 간다. 그날은 살짝 데쳐 반짝반짝한 갯장어와 눈이 마주쳤다. 심지어 초된장도 곁들여 준단다. 빤히 쳐다보는데, 옆에서 장을 보던 아주머니가 "손질 더 안 하고 그냥 접시에 담아서 내면 돼요"라며 등을 툭 밀어줘서 사고 말았다.

그 길로 맞은편 다이마루 우메다점에 가서 와다하치의 덴푸라(간토 지역의 튀긴 어묵 비슷한 것. 이 지역에서는 어묵을 덴푸라라고 한다) 중 풋콩, 갯장어 초생강, 문어 차조기를 샀고, 그 옆 한신 우메다 본점의 술 전문점에 갔다.

갯장어에 어울리는 게 뭔지 물어서 오사카 기타죠지주조점의 '나쓰고로모(夏衣)'라는 300㎖짜리 술을 사서 호텔로 돌아왔다. 아, 간 김에 한큐에서는 쌀과자 하피탄의 백화점 버전 '하피탄즈' 소금버터 맛도 샀다. 다 못 먹으면 선물해야지.

자, 이렇게 나 혼자, 그 누구도 신경 쓰지 않고 호텔 방에서 수고했다는 의미의 파티를 벌였다. 마시다가 목욕하고 와도 괜찮으니까 혼자는 역시 자유롭다. 일찍 침대에 누워 다음 날 아침 달리러 갈 기운도 충전했다.

마지막으로 오사카 혼자 여행에 추천하고 싶은 가게를 소개한다.

혼자 여행에 추천하는 가게

① wanna manna(@wm.taiwanbreakfast)

타이완 카페. 아침에 두유(또우장)를 마시러 간다. 아침밥 세트도 있다. 러닝 도중에 가도 된다(아마 괜찮을 것).

② 치토세(千とせ) 본점

니쿠스이라는 메뉴로 유명한 가게. 니쿠스이란, 쉽게 말해 고기우동에서 우동을 뺀 것이라고 할 수 있다. 흰쌀밥이나 달걀덮밥과 같이 먹어도 좋다. 나는 니쿠스이만 먹는 편이다. 너덧 명쯤 줄 서 있는 정도라면 운이 좋은 것이다. 혼자 오는 손님이 많은 편이다. 번화가인 센니치마에 도구 상점가와도 가깝다.

③ 타이안(太庵)

미쉐린 3성이지만 혼자 들어가도 된다고 생각하는 유일한 가게. 카운터석이 메인인 갓포 요릿집이다. 손님과 거리감이 적당한 부부가 환영해준다. 코스 요리여서 앉아 있기만 하면 된다. 가격도 미쉐린 3성 중에서는 적당한 편인 듯하다. 맛도 깔끔하고 일관성 있으며, 맛국물이 특히 맛있다. 한 달 전쯤 예약하는 게 좋다.

④ 우츠보혼마치가쿠(靭本町がく)

뭐든 다 맛있는 일품 요릿집 일식 갓포. 내추럴 와인을 알차게 갖췄다. 카운터석이라면 혼자도 괜찮다. 예약하고 한번 가보기를.

⑤ 호젠지요코초(wasabi)

호젠지요코초에 있는, 여성 셰프가 카운터석 형식으로 운영하는 모던한 튀김꼬치집. 식재료 조합이 재미있다. 여자 혼자서도 편하게 들어갈 수 있다. 위층에 'AWA'라는 샴페인 바가 있는데, 이곳도 혼자 온 손님에게 친절하다. 두 군데 다 내추럴 와인 중심이다.

⑥ 히로카와테라(@hirokawa.tailor)

인기 있는 선술집. 안주가 독특하다. 여자 혼자 들어가도 되는데, 산뜻하게 들어가서 오래 머물지는 않고 훌쩍 나오는 편이 멋있을 것이다.

⑦ 제로쿠(ゼ-六) 혼마치점

쇼와 시대 분위기가 나는 찻집. 이곳 커피와 함께 아이스 모나카를 꼭 먹어보자! 나는 아이스 모나카만 종종 테이크아웃한다.

걸을 때마다 새로운 매력이 보인다

교토 1

일본인은 왜 교토에 가고 싶어 할까? 음, 일본 여성은 왜, 라고 표현하는 편이 나을지도.

하야시 마리코 씨의 나오키상 수상작인 『교토까지』의 주인공은 30대다. 세련되고 화사한 직장에서 일하는 요즘 여자(80년대 당시)인데, 주인공에게 연하 애인이 생긴다. 그것도 교토에. 이 교토인 점이 중요 포인트로, 비일상이라는 느낌이 훌쩍 늘어난다. 만약 교토가 아니라면 그럭저럭 보통 남자와 했을 흔한 사랑인데, 교토라는 이유만으로 평범한 남자가 매우 '스페셜'해진다. 아아, 교토라니…… 하고.

이 책을 읽었을 때 나는 대학생이었다. 응응, 교토

에 사는 남친과의 거리감, 왠지 좋다. 교토에서 받는 수수께끼의 스페셜한 느낌, 역에 내린 순간 발밑에서 마물이 스르륵 기어오르는 느낌, 아무렴 두근거리지.

여자는 언제든 스페셜한 느낌을 좋아한다. 비일상으로 들어가고 싶으니까 교토가 좋은 것인지도 모른다.

그러니 일본 여성이고 50세 이상이라면 몇 번쯤은 교토에 다녀온 적이 있을 것이다. 나도 그렇다.

그래도 '혼자'라면 어떨까? '교토에 나 혼자'라니, 갑자기 노래 제목 같은 분위기다. 여행 온 커플이나 가족의 즐거운 대화를 들으며 쓸쓸하게 가모강을 터덜터덜, 뭐 이런 느낌. 그런데 혼자 여행을 다녀온 후로는 무조건 혼자 다닌다. 전혀 쓸쓸하지 않다.

어떤 관광객이든 다 수용하는 교토는 혼자 여행자를 받아들이려는 태도도 빈틈없다. 감히 말하는데, 단연코 추천한다. 나의 혼자 여행 재방문율 1위 도시이기도 하다.

혼자 마음껏 걷는 즐거움을 알게 되자, 교토는 수수께끼 마성의 도시가 아니었다. 갈 때마다 새로운 발견이 있어서 지겹지 않았고 매력이 무궁무진한 곳이다. 여기에만 있는 무언가가 있고 오래오래 걸어 다닐 수 있다.

골동품 가게에 고이마리를 보러 가다

그날은 찌는 듯이 더웠다. 세 번째로 간 교토 혼자 여행은 8월 초, 한여름. 대낮의 공포 영화일까, 뜨끈뜨끈한 공기 너머로 사람 그림자가 몽롱해서 유령처럼 보이고, 멀리 보이는 산은 신기루 같았다. 그런 오후 2시였다.

목적지였던 일본식 그릇 골동품 가게를 찾았는데 세상에, 공사 중이었다. 벽보를 보니 몇 채 더 가면 있는 별관에서 영업 중이라고 했다. 잡지에서 '고이마리를 중점적으로 다루는 곳으로 그 분야에서 모르는 사람이 없다'라는 글을 보고 언젠가 가보고 싶다고 저장해둔 가게였다. 물론 안 사겠지. 아니, 못 살 것이다. 그저 보기라도 하려고 눈 호강을 원해 찾아왔다.

고민했다. 땀은 뻘뻘. 그래도 여기까지 왔으니 용기를 내 별관 외관이라도 보려고 찾아갔다.

어쩜, 멋지고 모던한 상가다. 옛날 상가의 풍정을 살려 멋지게 보수 공사를 한 곳이었다. 음, 여긴 안 돼, 들어가기 어렵겠는데…… 하고 머뭇거리며 바라보는데, 안에서 풍채 좋고 고상한 남성이 나타났다.

"어서 오세요. 우리 가게를 찾아오셨다면 이쪽에서 영업 중이니 들어오세요. 더우니 안으로 가시지요" 하고 생글생글 말씀하시지 뭔가.

에비스(칠복신 중 하나로 상가의 수호신 - 옮긴이)처럼 온화한 분위기와 다정한 말씨에 끌렸고, 워낙 덥기도 해서 안으로 들어갔다. 들어가자, 멋진 부인이 환영해주었다. 그런데 으악, 손님이 나 혼자잖아. 엉엉.

애초에 고이마리가 뭐지?

초긴장했지만 그건 그거고, 나는 원래 그릇을 좋아한다. 게다가 도자기로 유명한 아리타나 하사미에 가까운 나가사키 여관의 딸이다. 어렸을 때는 아리타에서 그릇을 팔러 사람이 찾아와서 방에 잔뜩 펼쳐놓았다. 어린애 주제에 나도 옆에 앉아서 이게 좋다느니 저게 좋다느니 나름대로 고르곤 했다.

그런 성향이라서 모처럼 가게에 들어왔으니 아름다운 고이마리에 넋을 잃었다.

고이마리(古伊万里)란, 오래된 이마리야키 도자기를 말한다. 주로 에도 시대, 당시 비젠 지역(지금의 사가현과 나가사키현에 걸친 지역)에서 만든 도자기 전반을 가리킨다. 그 지역에서 유명한 아리타야키, 하사미야키, 미카와치야키 등의 도자기가 이마리 항구에서 출하되었기에 통칭해서 이마리야키라고 부르게 되었다고 한다.

그 고이마리가 지금, 골동품 감정으로 유명한 교토 가게 안, 그것도 내 눈앞에 잔뜩 놓였다. 당연히 긴장되지만 보고 싶어, 만지고 싶어. 누가 뭐래도 아리타와 하사미는 아름다운 질감이 장점이어서 만지고 싶어졌다. 정신을 차리고 보니 한참이나 집중하고 있었다.

가게 더 안쪽으로~
뜻밖의 교토 선물을 알게 되다

헉! 정신을 차리고 슬슬 나가려고 "와, 멋진 도

자기를 보여주셔서 고맙습니다” 하고 꾸벅 인사했
는데, 부인이 “차라도 드시고 가실래요? 급한 일 없
으시면요, 덥잖아요. 자, 이리 오세요”라고 했다.

　“허어억, 그건 아니지, 나는 절대 살 수도 없고,
티셔츠 차림이고!”라는 마음의 소리가 들리는데
도 “와, 죄송합니다. 아니, 그래도 되나요? 고맙습니
다”라고 중얼거리며 어느새 앉아 있었다.

　테이블에 앉자 부인이 가지고 온 것은, 직접 담
근 매실 시럽으로 만들었다는 거품 몽글몽글한 맛
좋은 차 한 잔이었다. 오오, 이게 뭐람, 이거…… 요
행이라고 해야 하나?

　“여행 오셨어요?”라고 물어서 혼자 여행 중이
라고 대답하자, 본인이 좋아하는 가게를 여러 군데
알려주었다. 그중에서 인상적이었던 것이 대나무 젓
가락이다.

　1년쯤 전에 가족 세 사람의 젓가락을 전부 대나
무 젓가락으로 바꾸었다고 한다. 누구 젓가락인지 따
로 정하지 않고, 세 사람 다 일본산 대나무로 만든 끝
이 가느다란 젓가락을 똑같이 쓴다고 했다. 매일 그
젓가락을 쓰고, 상하면 또 똑같은 대나무 젓가락으로

새로 교환했더니 편식이 심했던 아이가 뭐든지 잘 먹게 되었다고 한다! "젓가락 하나로 이렇게까지 달라지나 싶을 정도로 뭐든 맛있게 먹기 시작했어요. 아내에게 물어봐도 요리는 지금까지와 똑같다고 하니까 정말 신기하죠. 무엇보다도 밥맛이 좋더군요. 도자기를 다루는 인간으로서 부끄럽지만, 젓가락이 얼마나 중요한지 새삼스레 알았습니다." 남편이 말했다. 부인도 차분하게 웃으며 고개를 끄덕였다.

다만 요즘은 중국이나 베트남에서도 비슷한 것을 만드니까 일본산 대나무로 만든 것을 찾아 쓴다고 했다. 그래서 "죄송합니다만 어디에서 사셨나요?" 하고 물어보았다. 부부가 계속 이용한다면서 알려준 곳은 산조 거리에 있는 '다케마쓰'라는 가게였다.

당연한 소리지만 고이마리는 안 사고(못 사고), 매실 시럽을 마시고 서로 통성명하지도 않은 채 눈호강과 행복한 시간만을 품에 안고 가게에서 나왔다.

무시무시한 젓가락의 힘

그 발로 곧장 다케마쓰에 갔다. "세련되지도 않

은 평범한 대나무 가게예요"라는 말대로 가봤더니 '응? 여기야?' 싶게 소박한 가게였다(죄송합니다).

그날은 어디까지나 시험 삼아서, 부부가 알려준 젓가락을 파트너의 것까지 두 벌 샀다. 끝이 깨물면 부러질 정도로 가늘고 가볍고 매우 아름다운 대나무 젓가락으로 한 벌에 1,500엔 정도였다.

그전에도 모리바시(음식을 담을 때 쓰는 젓가락)용으로 교토의 대나무 젓가락을 몇 번인가 샀었다. 모리바시는 보통 요리할 때 쓰는 긴 젓가락과 같은 길이인데, 끝이 아주아주 가느다랗다. 이렇게 가는 덕분에 채 친 푸른 차조기도, 실처럼 가느다란 겐(회를 담을 때 곁들이는 무 따위를 잘게 채 친 것)도 편하게 담을 수 있다. 심지어 쌀알도 집을 수 있다.

나는 원래 나무젓가락으로 음식을 먹는 걸 싫어한다. 왠지 쓸 때마다 음식이 맛없어지는 것 같다. 젓가락의 힘은 분명 크다. 그래서 대나무 젓가락은 틀림없이 맛있어지리라는 기대감을 품은 교토 선물이었다.

집에 돌아와 파트너에게 그런 이야기를 들려주며 새로 산 대나무 젓가락으로 밥을 먹어봤는데 놀라웠다. 새로 산 젓가락은 입까지 가져갈 때도 기분 좋았고, 된장국을 먹어도 겨된장 절임을 먹어도 함박스테이크를 먹어도 신기하게 맛있었다. 특히 흰쌀밥의 알갱이가 살아 있고 번쩍거리는 것 같아서, 소중하게 아끼며 먹고 싶어졌다.

그 후로 우리 집도 옻칠한 젓가락과 작별하고 다케마쓰의 대나무 젓가락만 쓴다. 네 벌, 즉 같은 것이 여덟 개인 우리의 젓가락. 나아가 손님용도 전부 이 젓가락으로 바꿨다.

교토에 가면 들르는 가게

다케마쓰에는 그 후에도 대나무 젓가락을 사러 다닌다. 교토에는 그곳 이외에도 집에서 오랫동안 써온 물건을 사려고 꼭 들르는 가게가 몇 군데 있다. 교토가 아니면 못 사는 물건은 아니나, 교토 본점에 가면 종류가 풍부하고 무엇보다 즐겁다. 차, 백된장, 미림즈케, 또 고급 생과자.

금방 상하는 생과자의 수명은 그날이나 다음 날까지다. 교토에 머무는 동안, 호텔 방에서 아침에 먹기도 하고, 집에 와서 차와 함께 먹으려고 사올 때도 있다. 생과자는 가게별로 해석이 다르고 그때그때 계절이 가득 담긴 아름다운 소우주다.

　다음에 소개하는 가게들은 내가 교토에 가면 꼭 들르는 곳이다.

① 호라이도사호(蓬莱堂茶舗)

　벌써 20년 넘게 '호라이차'를 마신다. 호라이차란 말하자면 현미차다. 베이스인 전차(煎茶, 찻잎을 따서 증기로 찐 것을 열풍 건조하거나 비비며 말려 만든 차 - 옮긴이) 맛이 최고로 좋고, 함께 먹는 **신선한 아라레**(떡이나 콩을 잘게 잘라 볶거나 튀긴 과자 - 옮긴이)의 향이 강조되어 지금까지 마신 현미차는 대체 뭐였나 싶게 하는 일품이다. 데라마치 교고쿠 상점가 아케이드 안에 있다. 나는 차를 마시면서 가게 주인이 계절에 따라 들려주는 교토의 이런저런 이야기도 즐긴다.

② 류오우엔차호(柳桜園茶舗)

　다이칸야마 요리학원에도, 자택에도 꼭 갖춰두는 '고에쓰'라는 호지차(녹차의 잎과 줄기를 볶아 만든 차 - 옮긴이)를 산다. 다다미 깔린 카운터가 기분 좋다. 토요일에는 주말 한정인 카리가네 호지차가 있는데, 이곳에서만 살 수 있다. 점포가 있는 일대는 노포와 새로운 가게가 혼재되어 걸어 다니기 즐겁다. 이쪽에서는 교토 반차(여름 찻잎으로 만든 차. 전차보다 등급이 낮다 - 옮긴이)를 산다.

③ 욘토라(四寅)

니시키 시장 내부, 교토산 채소를 파는 채소가게. 도쿄의 3성 레스토랑에도 교토산 채소나 과일을 납품한다. 이곳의 야마리 백된장을 사러 간다. 냉동하면 셔벗처럼 그대로 먹어도 될 정도로 매혹적인 맛이어서 25년 이상 다른 것에 한눈팔지 않고 이용한다. 금방 상하므로 여행 마지막 날에 산다. 그날 괜찮은 교토산 채소가 있으면 이것저것 함께 산다.

④ 기보시(ぎぼし)

교토 친구가 가르쳐준 곳으로, 시조가와라마치와 니시키 시장 양쪽에서 가까운 후키요세(마른 과자여러 종류를 예쁘게 담는 것 - 옮긴이) 전문점. 나는 먹기시작하면 자꾸 손이 가는 튀긴 다시마나 달지 않은 다시마조림을 산다.

⑤ 다나카초나라즈케텐(田中長奈良漬店)

에도 후기 창업한 나라즈케(울외 등에 술지게미를 넣어 만든 장아찌 – 옮긴이) 가게인데, 미림을 풍부하게 써서 향이 좋아 그 이름도 미림즈케다. 일반적인 나라즈케보다 맛이 순하고 부드럽다. 이럭저럭 20년 넘게 언제나 냉장고에 넣어두고 먹는다. 미림이 잘 밴 지게미도 듬뿍 들었는데, 생선이나 돼지 토막을 구워 먹을 때 지게미에 절이기도 한다. 도쿄 백화점에서도 살 수 있으나 본점의 종류가 더 풍부하고 한정 상품도 있다. 참고로 내가 제일 좋아하는 건 수박, 다음이 월과다.

고급 생과자점 4곳

① 쇼게츠(嘯月)

주택가 한가운데에 있다. 하루 전에는 예약해야만 살 수 있다. 갓 만든 것을 주기 위해서다. 이런 방식을 줄곧 고수한다.

② 시오요시켄(塩芳軒)

교토 니시진에 있는 노포. 가게도 멋지다. '주라쿠'라는 구운 과자도 소박한 맛이 좋아서 선물로 잘 산다. 유명한 양갱 '밤의 매화'도 이 가게의 것을 좋아한다.

③ 주코(聚洸)

화과자 정보통인 친구가 알려준 가게로 고급 생과자만 판다. 적절한 단맛이 취향이다. 당일이라도 좋으니 전화로 예약할 것.

④ 스에토미(末富)

아침 일찍 문을 연다(시간은 확인할 것). 도쿄 다카시마야 백화점에도 있고 교토 백화점에도 있으나 모처럼 왔으니까 생과자는 본점에서. 특히 포장이 멋지다. 화사한 물빛이 최고다.

버스를 타고 이 도시에 사는 사람처럼

교토 2

혼자 교토에 가기 시작하고 걸어 다니는 여행을 하면서 교토가 훨씬 더 좋아졌다.

또 한 가지 더 추천하고 싶은 것이 있다. 교토로 가는 신칸센 안에서라도 좋으니 30분 정도 꼼꼼히 교토 주요 지역의 지도를 살펴보자. 도시의 모습을 어렴풋하게라도 파악해두면 훨씬 걷기 편해진다.

교토는 세로로 끝에서 끝까지 걸어도 대략 5킬로미터 정도로 걸어서 돌아보기 좋은 사이즈임을 알 수 있다.

왜 걸으면 즐거울까?

대부분 지역이 대로에서 골목으로 들어가면 일반 주택이나 맨션, 노포, 서드웨이브 느낌의 새로운 가게, 지역 사람들이 애용하는 가게, 관광객 대상의 가게, 호텔, 마트, 편의점, 그리고 절, 신사가 뒤섞여 있다. 마침 강도 예쁘게 흐른다.

인기 관광지이지만 지방 도시여서 골목골목 대자본이 아닌 개인 상점이 흩어져 있기에 어딜 걸어도 매번 새로운 발견이 있다. 저긴 무슨 가게일지 궁금해하며 그저 걷기만 해도 즐겁다.

백화점을 시작으로 한 대자본이나 프랜차이즈 가게가 많은 번화가는 시조가와라마치 부근이다. 이곳은 통행인도 많은 교토 중심부다. 다만 요즘 들어 생각하는데, 여행으로 온 외지인에게는 전국 어디에나 있는 가게가 많은 곳이어서 걸어 다니기에 그다지 재미없을 것 같다. 택시로 이동하거나 제대로 된 레스토랑에 가거나 친구와 여행할 때는 이 부근에 숙박하기도 하지만, 혼자일 때는 다른 지역에 머문다.

숙소는 대중교통이 편한 곳으로

최근 혼자 여행을 가서 자주 묵는 곳은, 지하철 역으로 말하면 가라스마오이케역과 마루타마치역 근처다.

"혼자 여행을 할 때는 최대한 대중교통을 이용하자!"라고 몇 번이나 말했는데, 이 두 군데 역 주변이 지하철은 물론이고 버스를 타기에도 편리하기 때문이다. 또 중심부에서 조금 벗어나서 그런지 새롭고 저렴한 호텔이 많은 것 같다.

다음 그림을 참고해주시기를. 여행자가 다니게 될 교토 거리는 간단히 설명하면 이렇다.

◦ 동서를 횡단하는 대로는 남쪽 교토역 앞의 시치조 거리부터 북으로 가는 고조 거리, 시조 거리, 산조 거리(중심부는 아케이드), 오이케 거리, 마루타마치 거리까지 총 여섯 곳.
◦ 남북을 종단하는 대로는 교토역을 등지고 북쪽을 보고 서면, 동(오른쪽)부터 히가시오지 거리, 가와라마치 거리, 가라스마 거리, 호리카와 거리까지 총 네 곳.

이중 가로인 오이케 거리, 세로인 가라스마 거리

걷기 좋은 교토 지도

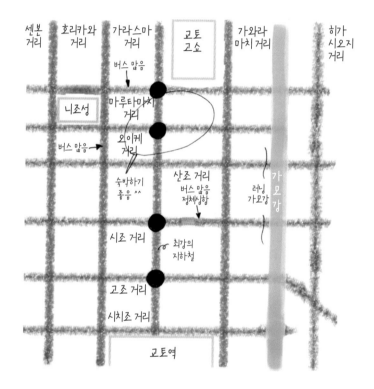

센본
거리

호리카와
거리

가라스마
거리

교토
고쇼

가와라
마치 거리

히가
시오지
거리

버스 많음

마루타마치
거리

니조성

오이케
거리

버스 많음

수박하기
좋음 ^^

산조 거리
버스 많음
정체심함

러닝
가모강

가
모
강

시조 거리

최강의
지하철

고조 거리

시치조 거리

교토역

아래를 지하철이 달린다. 교토역까지 한 번에 갈 수 있는 것은 세로인 가라스마 거리를 달리는 가라스마선. 여행자에게는 최강의 지하철이다.

또 버스 종류도 많은데, 자주 이용하는 곳이 동서 횡단으로는 시조 거리, 마루타마치 거리. 남북 종단으로는 가와라마치 거리, 호리카와 거리다.

그러니 버스와 지하철을 이용해 이곳에서 사는 것처럼 교토를 돌아보고 싶다면, 지하철과 버스가 많이 다니는 길의 교차점 쪽에 머무는 것이 좋다는 결론이다. 실제로 그 근처에 묵었더니 거의 도보와 버스, 지하철로 움직일 수 있었다.

지하철 가라스마선은 갈 때도 올 때도 교토역까지 갈아타지 않아도 된다. 마지막 날, 호텔에 짐을 맡기고 외출했다 돌아와 지하철을 타고 교토역에 가서 신칸센을 탈 수 있으니 정말 편리하다. 지하철은 길이 막히지 않으니까 시간을 짐작할 수 있다.

나라까지 행동 범위에 넣을 수 있는 편리함

지난번 교토 혼자 여행은 가라스마선 마루타마

치역의 6번 출구에서 연결되는 새로 생긴 호텔 '하얏트 플레이스 교토'에 묵었다. 1층에는 자유롭게 이용하는 커피머신이나 일할 수 있는 공간(넓음)도 있다.

1박 1만 엔 정도였는데 방도 넓고 굉장히 깔끔해서 숙박하는 동안 좋았다. 침대 시트가 정말 기분 좋았다!

사흘 중 하루는 지하철을 타고 긴테쓰선을 이용해 우지 뵤도인에도 갔다. 10엔 동전의 디자인으로 유명한 우지 뵤도인의 봉황당(호오도)과 박물관 봉상관(호쇼칸)도 추천한다. 마치 데즈카 오사무 명작 만화 〈불새〉가 떠오르는 지붕에 조각된 봉황 이외에 봉황당 내부 벽에 계신 구름 위에 있는 여러 보살님을 가까이에서 볼 수 있다.

참으로 자애로운 얼굴, 귀여워서 흥분했다. 가이드가 해설하면서 "목숨이 다할 때, 제일 만나고 싶은 사람의 모습으로 보살이 나타나 죽는 사람 앞에서 춤추는 모습입니다"라고 설명했다. 그렇다면 고맙겠다고, 죽는 것도 두렵지 않겠다고 생각하며 왠지 눈물이 났다.

거기에서 다시 긴테쓰선과 지하철을 타고 교토

시내로 돌아오면 되니까 어찌나 편한지. 지도를 보며 상상한 것 이상으로 편했다.

교토에서 버스를 타다

버스를 능숙하게 이용하면 그때뿐이라도 이 도시에 사는 사람이 된 것 같다.

특히 교토는 지하철이 있어도 주요 대중교통은 버스다. 도쿄처럼 목적지까지 가는 방법이 너무 많아도 복잡한데, 교토는 선택지가 버스뿐일 때도 많아 단순하다. 또 역시 관광지여서 버스 정류장 표시가 매우 친절하다. 몇 분 후에 오는지까지 알려준다.

먼저 지도를 대충 파악해두면 목적지까지 동쪽으로 한 골목이나, 남쪽으로 한 골목 내려가서 걸어갈 수 있다. 이 정도는 방향치인 나도 할 수 있었다. 그렇게 걷는 것이 또 새로운 발견을 선물한다. 그게 바로 교토다.

이제 혼자 들어갈 수 있는 레스토랑을 개척해야 하는데, 그렇다. 교토는 이런 면도 친절하다. 내가 마음 편하게 이용한 식당과 호텔 등을 소개한다.

혼밥하기 좋은 가게

① NISHITOMIYA(@nishitomiya)

내추럴 와인과 명물 크로켓, 채소를 풍부하게 쓴 안주를 즐길 수 있다. 혼자 온 여성 손님이 제법 많다. 점원도 느낌이 좋다. 점심을 먹기 좋고, 테이크아웃할 수 있는 빵도 추천한다.

② 메시타 파네 에 비노(Mescita Pane e vino)

고기 굽기의 천재 셰프가 있는 내추럴 와인과 숯불구이, 이탈리아 레스토랑. 셰프 혼자 운영하는 카운터석을 이용하자. 혼자 오는 손님 비율이 높으니 안심.

③ 양식 오가타(@yoshoku.ogata)

예약 필수. 혼자 간다면 점심을 추천한다. 일본 전역의 주목을 받는 시즈오카현 야이즈시의 사스에마에다 생선점의 생선과 일본 전역의 셰프가 고기를 구하는 시가현 사카에야의 고기, 양쪽을 다 먹을 수 있다. 하이라이스, 오므라이스, 카레, 스테이크, 튀김도 최고다. 카운터석을 이용하자.

④ cenci(@cenci.kyoto)

미쉐린 별을 받은 이탈리안 레스토랑인데, 딱 네 자리 있는 카운터석에서 혼자 먹을 수 있다. 교토 근교 생산자와 밀접하게 연결된 사카모토 셰프의 요리가 대단하고, 내추럴 와인과 일본 와인에 정통한 소믈리에의 와인 추천도 최고다.

⑤ Restaurant Koke(@restaurant_koke)

모던하고 세련된 레스토랑이어서 조금 주눅 들 수 있는데, 점심이라면 카운터석에서 혼자 먹을 만하다. 카운터석은 셰프가 직화로 요리하는 모습을 볼 수 있는 특등석이다.

⑥ 9시 5시(@kujigoji_kyoto)

이름대로 아침 9시부터 오후 5시까지 여성 셰프가 운영하는 가게인데, 지금은 영업시간이 날마다 다르므로 인스타그램을 확인하자. 예약은 할 수 없고 가게에 가서 차례를 기다려야 한다. 카운터석뿐이고, 낮부터 내추럴 와인과 맛있는 안주를 먹을 수 있다.

⑦ culotte(ⓘculotte_skirt_zubon)

1인 예약만 받는 혼자 오는 손님을 위한 레스토랑. 이곳에 오는 손님 모두 혼자다.

⑧ lien restaurant & bake(ⓘlien.kyoto_restaurant)

culotte에서 가까운 귀여운 레스토랑. 점심도, 테이크아웃 빵과 디저트도 추천.

⑨ 시루코(志る幸)

시조가와라마치에서 금방이다. 디근 형태로 둘러싸며 앉는 좌석이어서 혼자여도 전혀 신경 쓰이지 않는다. 된장국과 영양밥이 나오는 '리큐 도시락'이 기본 요리다. 참마 된장국을 추천한다! 조금 줄을 서야 할 수 있다.

⑩ 단(丹)(ⓘtan_kyoto)

노포 요정 '와쿠덴'의 세컨드 라인이다. 아침과

점심을 먹기 좋다. 중앙의 커다란 테이블에서 혼자서도 편하게 캐주얼한 교토 요리를 먹을 수 있다.

⑪ suba(@subasoba)

서서 먹는 소바 가게. 간사이의 맑은 국물에 도쿄식 소바의 조합이다. 입식이고 돈을 먼저 내는 방식이라 일단 용기 내 들어가면 혼자서도 얼마든지 괜찮다.

⑫ 이시우스소바 와타쓰네(石臼蕎麦 わたつね)

동네 정식집. 당연히 소바도 맛있다. 겨울철 굴밥을 추천한다.

⑬ 스시젠(すし善)

강력히 추천하고 싶은 것이 달걀지단 아래에 제철 생선이 듬뿍 숨은 지라시 스시다. 처음 먹었을 때, 상상을 훌쩍 초월한 맛에 놀랐다. 카운터석이라 혼자도 괜찮다. 오후 5시에는 영업이 끝나니 주의할 것.

카페나 바

① ALKAA(@alkaa_kyoto)

교토역, 그것도 신칸센 출구 바로 근처에 있는 내추럴 와인 바. 신칸센을 타기 전, 카운터석에 꼭 앉아 보기를. 까눌레도 맛있다. 혼자라면 가볍게 안주로 저녁을 먹어도 좋다.

② WIFE & HUSBAND(@wifeandhusband_kyoichi)

가모강을 따라 북쪽으로 가면 나온다. 정성껏 내리는 커피와 간단한 토스트가 왠지 기쁘다. 점심으로 먹기 좋다. 커피 포장 상자가 귀엽다.

③ 키쿠노이 무겐산포(菊乃井 無碍山房)

노포 요정 키쿠노이 바로 옆, 키쿠노이에서 키쿠노이 카페. 빙수나 파르페를 추천! 말차 계열이 맛있다.

④ 블루보틀 커피 교토 카페

메뉴는 일반적인 블루보틀 커피인데 건물이 재

미있다. 교토식으로 보수 공사한 건물이다. 여름에
는 빙수를 먹자!

⑤ SONGBIRD COFFEE(@songbird_coffee)

이곳의 달걀 샌드위치를 좋아한다. 참을 수 없이
사랑스러운 가게. 커피와 마시자!

⑥ 도모미 젤라-to(@tomomi_gelato)

농가 직송 제철 교토 채소와 과일로 만든 건강하
고 맛있는 젤라토. 몸이 정화되는 것 같다. 오이와 차
조기처럼 의외의 조합을 꼭 먹어보자. 서서 먹는 소
바 가게 'suba'에서 가깝다.

하늘과 바다와,
오키나와 수공예품을 느긋하게 즐기다
오키나와

처음 오키나와에 갔을 때는 20대 중반이었고, 출장으로 갔다. 이때 요미탄손의 기념품 가게에서 들어보고 감촉에 반해서 산 작은 그릇이 '요미탄손야키'였다. 이럭저럭 30년 가까이 아끼며 잘 쓰고 있다.

그 그릇을 쓸 때마다 언젠가 한 번 더 요미탄손에 가보고 싶다고 생각했다. 그런데 오키나와에 갈 기회가 좀처럼 없었다.

30대 후반, 드디어 파트너와 함께 오키나와 요미탄손에 가게 되었다. 도자기 공방을 둘러보고 오키나와 수공예품과 만나 심장이 뛰고 가슴이 뜨거워지는 경험을 잔뜩 했다. 너무 즐거워서 이후 도자기를 좋아하는 친구와도 또 방문했는데, 이때 나하시에도 느낌 좋은 수공예품 가게가 있는 걸 알았다.

혼자 가도 재미있을 것 같은데? 때때로 너무너무 그리워지는 남쪽 태양도 틀림없이 반겨줄 테니까 이번에는 혼자 느긋하게 나하 수공예품 가게를 돌아보기로 했다.

알아보니 고향인 나가사키에서 1시간 반쯤 걸리는 직항편이 있었다. 나가사키에서 도쿄가 아닌 다른 곳으로 가는 비행기를 타본 적 없으니까 이것만으로도 치무돈돈(오키나와 말로 '두근두근하다'라는 뜻)이다.

좋았어! 귀성하는 김에 가보자!

나하에서 오키나와 수공예품 여행

오키나와 말로 '야치문'은 도자기를 말한다. 나하시 쓰보야 야치문 도자기 거리는 1600년대 각지에 분산된 가마가 모여 만들어진 곳이다. 이곳에서 태어난 쓰보야야키는 두툼하고 각이 없으며 통통한 바탕에 대담한 무늬와 장식을 새기는 것이 특색이다. 독특한 색감과 기법에서 오키나와만의 강렬한 개성을 느낄 수 있다.

요즘은 전통적인 야치문 공방에서 공부하고 독립한 젊은 작가들이 강렬하고 모던한 느낌을 추가한 도자기도 자주 보인다. 지금까지 야치문에 품은 이미지를 기분 좋게 배신하는 것들도 있다.

전통과 신진의 공통점은 터프함과 대담함, 그리고 오키나와다운 다정함과 사려 깊은 면이다.

오키나와는 양질의 고령토가 풍부한 곳이다. 어쩌면 이 고령토의 개성이 나타나는지도 모른다.

나하 시내 수공예품 가게나 갤러리에서는 여러 작가의 새로운 도자기를 볼 수 있다. 도자기 공방에 찾아가는 것과 또 다르게 가게별로 선택한 도자기와 만나는 즐거움이 있다.

나하를 걸어 다니면서 추천하고 싶어진 가게를 소개한다.

① GARB DOMINGO(@garb_domingo)

나하를 대표하는 수공예품 갤러리 아닐까. 오로지 여기에 가기 위해서 나하에 가도 좋다. 몇 번을 가도 빈손으로 가게에서 나온 적이 없는 위험한 곳이다.

② **tituti**(@titutiokinawancraft)

처음 찾아갔을 때는 아사토에 있었는데, 국제 거리 근처로 이전했다. 도자기 가게가 많은 지역이어서 여러 곳을 함께 볼 수 있다. 그릇 이외에도 오키나와 수공예품이 다양하다.

③ **후쿠라샤**(ふくら舎)

오키나와 수공예품, 아트, 서적을 다루는 가게로 나하의 독립 영화관 '사쿠라자카 극장' 안에 있다. 큰 접시를 보고 첫눈에 반했는데, 첫날에 사겠다고 결심하지 못해 다음 날 또 갔고, 돌아오기 전에 또 가서 결국 집에 데리고 왔다. 마음먹을 때까지 몇 번이든 가는 것도 혼자 여행이니까.

④ **나하시 전통 공예관, 오쿠하라 유리 제조소**

사쿠라자카 극장에서 언덕을 내려오면 바로 있다. 1층에는 여러 작가와 공방의 작품이 있는데, 나하의 선물로 사기 좋은 상품들이다. 같은 건물 안에 창업 70년이 훌쩍 넘은 류큐 유리 노포 공방 '오쿠하라 유리 제조소'가 있는데, 내가 방문했을 때 마침 작업하는 모습을 볼 수 있었다. 안 그래도 도쿄 백화점에서 이곳의 류큐 유리 피쳐를 발견하고 애용하는 중이어서 작업을 직접 보는 게 기뻤다. 장인의 손길을 느낄 수 있는 멋진 순간과 마주쳐 황홀했다.

전통 공예관 바로 옆 공원에 고양이들이 유유자적 놀고 있었다. 평화로운 시간이 흘러서 가까이 다가가 사진을 마구 찍었다. 미안해, 고양이들아.

혼자 수공예품 여행을 하며 새롭게 느낀 것인데, 반경 3킬로미터 안에 오키나와에만 있을 것 같은 가게가 많았다. 미국의 60년대 빈티지 그릇 가게나 오리지널 알로하 가게, 전파상인데 할머니의 지마미 두부(땅콩에 고구마 전분을 섞어 만든 두부 – 옮긴이)를 파는 가게, 내추럴 와인을 파는 멋진 가게 등. 혼자 나하를 걷는 것도 정말 즐거웠다.

자, 나하에서 뭘 먹지?

오전에 국제 거리를 산책하던 중 발견한 'faidama'. 가게 앞에서 파는 유기농 채소를 보고 점찍어 두었다. 인스타그램을 찾아보니 15시까지 운영하고 다 팔리는 대로 문을 닫는다고 해서 13시쯤 점심 정식을 먹으러 갔다.

들어보니 채소는 아버지가 재배하는 유기농이라고 한다. 맛있는 이유가 있었다. 조미료도 전부 몸에 좋은 것을 썼다.

가게 주인 부부가 'faidama'는 일본 최남단인 야에야마 제도 말로 '먹보'라는 뜻이라고 알려주었다. 그들의 표정이 어찌나 차분하고 멋있던지. 무럭무럭 기운 넘치는 알피니아가 꽃병에 듬뿍 꽂혀서 은은한 향도 마음을 편하게 해주었다.

밤에는 여자 후배가 추천한 만두를 먹으러 아사토 사카에마치 시장까지 조금 멀리 걸어갔다. 낮에는 시장, 밤에는 먹자골목이 되는 곳이다.

'벤리야 이우린론(べんり屋 玉玲瓏)'이라는 가게였다. 포장마차 같은 카운터석과 야시장 자리 같은 캐주얼한 테이블(칭찬입니다)이 있어서 혼자서도 가뿐히 먹을 수 있다.

내게 알려준 후배는 "제가 일본에서 가장 좋아하는 만두예요"라고 말했다. 만두피가 쫀득쫀득하고 정말 맛있었다. 운 좋게 가게 사람이 신과 같은 솜씨로 만두를 빚는 모습을 봤다. 빨리 감기를 하는 줄 알았다.

밤이 깊어짐에 따라 주변이 시끌벅적해졌다. 훌쩍 들어와 가게 안에 놓인 산신(三線, 샤미센의 바탕이 된 오키나와의 악기 - 옮긴이)을 연주하는 아저씨가 있었는데, 다들 모르는 사이일 텐데 어느새 노래를 부르기 시작했다.

아무리 즐거워도 20시 반에는 자리에서 일어난다. 불이 꺼지고 거리가 더욱 어두워지기 전에 호텔로 돌아가야지.

나하의 아침은 바다 러닝부터

다음 날 아침, 바다까지 달렸다(반복해서 말하는데 나는 풋내기 러너다). 나하 중심부, 국제 거리 부근부터 제일 가까운 바다 '나미노우에 비치'까지 2킬로미터 정도다. 왕복 4킬로미터 러닝이다.

도시에서 그리 멀지 않은 해변이라는 게 믿어지지 않는 아름다운 모래사장이 펼쳐졌다. 조금 느긋하게 바닷물을 느꼈다.

다음으로 바로 근처에 있는 나미노우에 신사에도 갔다. 돌계단을 올라가 땀범벅인 채로 손을 모아오로지 이번 나하 혼자 여행을 무사히 마치기를 기도했다. 참고로 이곳에서 파는 부적이 귀엽다. 오키나와의 전통 염색 기법인 빈가타를 모티프로 삼은 디자인이다. 토트백에 달아 안전한 여행을 기원했다.

이 러닝 코스는 산책하기에도 좋다. 도중에 후쿠슈엔이 있다. 천천히 걸어서 둘러보고 싶은 연못이 있는 멋진 중국풍 정원이다. 오키나와도 타이완이나 내 고향 나가사키처럼 지금의 푸젠성 근처에서 이주한 사람이 많다.

해 질 무렵에는 느긋하게 독서

그나저나 호텔을 어디로 할지 고민했는데, 출입구가 국제 거리에 닿아 밤에도 밝고 최근에 지은 것을 우선해서 '호텔 콜렉티브'로 잡았다. 아담한 수영장이 있는데 역시 오키나와답다.

큰 리조트에 혼자 가면 반드시 느끼게 될 혼자

왔다는 초조함이나 사람의 시선(저 사람 왜 혼자야?)도 이 수영장이라면 괜찮을 것 같아서 들렀다.

오후 4시, 수영장에 아무도 없었다. 최고! 화려한 리조트 수영장이 아니어서 혼자 묵는 사람에게 좋다. 수영복이 없어서 발만 담그고 하늘을 올려다보았다. 풀사이드에서 파란 하늘을 보며 중고 서점에서 발견한 오키나와 요리에 관한 책을 느긋하게 읽었다. 다음에도 혼자 와서 3박쯤 머물고 싶다고 생각하면서.

시장에서 남쪽 과일을

도쿄로 돌아가기 전 시장에 들렀다. 어딜 가든 시장만큼은 꼭 들른다. 이번에는 농작물 유통의 기지이기도 한 '노렌 시장'에 갔다

마침 섬 바나나가 있었다. 짧고 두껍고 식감이 물렁물렁한 바나나로, 다른 바나나와 다르게 신맛이 나는 것이 특징이다. 탄력이 있어서 과육이 꼭 근육질 같은데, '파초'라고 불리는 종류다. 일반 바나나의 두 배쯤 되는 가격이라 비싸다는 생각이 들 수 있

는데, 흔한 바나나와는 다른 과일이라고 여기고 한 번 먹어보기를. 다만 아직 파란 상태로 파는 게 많으니 며칠간 뒤서 후숙한 뒤에 먹자.

시장 바로 앞의 작은 아케이드 입구에 있는 '우에하라 파라(上原パーラー)'는 나하에 올 때마다 반드시 들르는 매력 가득한 반찬 가게. 도쿄로 가는 비행기에서 누릴 즐거움을 위해 도시락을 산다. 이 가게의 도시락은 저렴할수록 맛있는 것 같은데 내 착각일까?

오키나와 나하는 도쿄에서 가면 3시간 넘게 걸린다. 혼자서는 선뜻 가기 어려운데, 가족 여행을 갈 때 조금 먼저 출발하거나 친구들과 여행을 즐긴 후 하루 남아서 혼자 여행을 즐겨도 좋을 것이다. 파란 바다와 하늘, 다정한 사람, 고양이도 귀엽다. 나도 반드시 또 갈 테다.

엄마와 갔던 여행을 더듬어

가나자와

엄마와 함께 간 여행이 나의 첫 가나자와 여행이었다. 2015년, 도쿄에서 신칸센을 타고 가나자와까지 갈 수 있게 되었을 때, 가보고 싶은 마음이 폭발해서 상경한 엄마와 둘이 2박 3일로 가나자와에 갔다. 엄마는 십수 년 만에 두 번째, 나는 첫 가나자와 여행이었다. 그때의 여행이 즐거워서 나는 가나자와와 사랑에 빠졌다.

2021년 가을, 엄마와의 여행을 되짚으며 혼자 가나자와를 걸었다. 엄마와 같이 갔을 때는 신칸센이 막 개통했을 때여서 아주 붐볐는데, 이번에는 코로나로 한적한 가나자와다. 오랜만에 관광 여행을 온 기분이다.

우선 엄마와 처음 갔던 '가나자와 21세기 미술관'을 찾았다. 둘이 같이 사진을 찍었던 '수영장 바닥'에 갔다. 이상하게 엄마가 여기 들어가길 싫어했던 것을 떠올리며 웃었다.

미술관을 여유롭게 둘러보고 나왔더니 2시간이 훌쩍 지나 있었다.

뭘 먹을까?
가게 물색은 평소대로 와인으로 찾기

가나자와라면 초밥과 오뎅이 유명하지만 요즘은 모던 스페인 요리나 이탈리아 요리로 유명한 가게도 많다.

엄마와 같이 가서 감격했던 초밥집 '오토메즈시'는 이제 예약하기 쉽지 않은 유명한 곳이 되었다. 역시 그때 갔던 '스시 미츠카와'는 가나자와를 비롯해 도쿄와 홋카이도 니세코 호텔에 지점을 냈다.

둘 다 혼자 가기 어려우니 포기했다(예약도 어렵고). 언젠가는 초밥집 카운터석에 혼자 앉아도 동요하지 않는 사람이 되고 싶다고 생각하면서.

이럴 때는 늘 하는 방법으로 가게를 물색한다. '가나자와' '내추럴 와인' '뱅나뛰르'라는 키워드로 검색해 찾은 곳이 '이토쇼텐(ⓞ110shoten)'이었다. 사전 지식 없이 무작정 가게에 가는 것은 항상, 몇 살이 되어도 두근거린다. 심지어 혼자. 게다가 날도 저물기 시작했다.

가게는 작은 강 바로 옆, 번화가 근처인데 한적한 주택가에 있었다. 고풍스러운 맛이 있는 건물을 희미하게 밝히는 빛. 슬쩍 앞을 지나가며 힐끔 보니, 창가에 카운터석이 있었다. 음, 저기에 앉으면 되려나. 일단 그대로 지나가 근처를 무의미하게 한 바퀴 돈 후, 마음먹고 들어갔다.

예정대로 창가 카운터석에 앉았다. "와인이 전부 내추럴 와인인가요?"하고 묻자, 점원이 "네, 그렇습니다"라며 잔으로 마실 수 있는 와인을 친절하게 알려주었다.

안쪽 카운터석에도 혼자 온 손님이 드문드문 있었다. 아이고, 다행이라고 마음을 놓았다. 테린 드 캄파뉴와 당근 라페를 먹으며 와인을 두 잔 마셨다. 누구와 대화를 나누지도 않고 혼자, 작지만 힘차게 흐르는 강과 한적한 주택가, 때때로 퇴근하는 듯한 사람과 자전거를 탄 사람을 보고 마음껏 망상하면서 약 1시간쯤 짧은 저녁 식사를 했다.

그러고 보니 오늘 하루 가게 사람이나 미술관 티켓 판매대 직원 이외에 아무와도 대화하지 않았다. 이것도 좋다. 아무와도 대화하지 않는다니 매우 신선하다.

나에게 주는 선물로 '요시하시'의 생과자를

엄마의 다도 선생님이 알려주었다는 '요시하시 (吉はし)'라는 과자점. 엄마와 여행을 왔을 때, 하루 전에 예약해야 한다는 걸 알고 허둥지둥 전화했는데 그날은 휴무여서 결국 못 샀다. 후에 친구와 재도전에 성공해 은은하게 입에서 녹는 고급 생과자에 감동했다.

이번에는 돌아가는 날에 받으려고 예약에 성공해서 돌아가는 날 찾아 나에게 선물로 주었다. 특히 네리키리(흰 팥소에 설탕, 마, 찹쌀 등을 넣어 반죽한 네리

키리앙으로 모양을 만드는 화과자 - 옮긴이)가 폭신폭신
하고, 입 안에서 사르르 녹는 것 같았다. 네리키리는
보통 '촉촉하다'라고 표현하게 되는데, 이곳의 네리
키리는 '폭신폭신'이라고 말하고 싶다. 생과자는 계
절에 따라 바뀌는데, 예약할 때 전화로 물어보면 무
슨 종류가 있는지 친절하게 알려준다.

　가나자와 출신 친구에게 "그나저나 가나자와,
과자 천국 아니야?" 하고 물었더니 '히무로 만주'를
알려주었다.

　에도 시대, 가가번 마에다 가문에서는 겨울에 내
린 눈을 빙실(氷室, 히무로라고 읽는다 - 옮긴이)에 저장
해두고 구력 6월 1일(신력으로 7월 1일)에 빙실 문을
열고 얼음을 꺼내 에도에 헌상했다고 한다. 얼음이
무사히 에도에 도착하기를 바라며 곁들인 것이 '히
무로 만주'라는 과자로 현대에 들어서는 7월 1일에
먹는다.

　300년 전부터 과자와 연관된 호화로운 전통이
있었다니 역시 가가 백만 석!(에도 시대, 가가번의 쌀
수확량이 102만 석이었던 것에서 붙은 이름 - 옮긴이) 과자
문화가 화려할 만하다. 가나자와는 과자의 포장 상

자나 포장지, 과자 형태가 화려한 것도 수많은 관광지 중에서 최고다(개인적인 생각).

돌아오는 길에
'가나자와 햐쿠방가이'에 들르다

가나자와는 노포에서도, 새로 생긴 가게에서도 최선을 다해 과자를 만드니까 맛있어 보이는 과자를 보기만 해도 즐겁다. 가나자와역 쇼핑몰인 '가나자와 햐쿠방가이'의 기념품 구역에 가면, 그 전부를 한곳에서 만날 수 있다. 그래서 늘 고민한다.

최근 우리 가족이 가장 좋아하는 것은 햐쿠방가이에서 파는 바스크 치즈 케이크와 초콜릿이다. 바스크 치즈 케이크를 파는 가게는 많은데, 인기 스페인 레스토랑 'respiración'의 것을 산다(오우미 시장에서 가깝고 점심을 먹기 좋다). 그 바로 옆 가게가 독특한 식재료와 향신료를 조합한 일본식 초콜릿 가게 'FILFIL cacao factory by FIL D'OR'이다. 나는 특히 산초가 들어간 걸 좋아한다. 포장 상자도 세련되었다.

토속주도 기념품 구역에서 살 수 있다. '가나자

와 토속주 창고'에는 시음 세트와 컵으로 마실 수 있는 자판기도 있다. 조금 쓸쓸한 기분이 밀려오는 여행의 마지막, 이곳을 차분히 구경하며 걸어 다니면서 기운을 북돋고 돌아가자.

혼밥하기 좋은 가게

① 오뎅 와카바(若葉)

번화가에서 조금 떨어져 있어서 다소 가기 어려우나, 양조장 '후쿠미츠야' 바로 옆에 있는 오뎅집이다(참고로 나는 후쿠미츠야의 '후쿠미림'을 20년 넘게 애용한다. 양조장 1층에 가게도 있다). 오뎅은 물론이고 쇠심줄 조림이 맛있다. 커다란 오뎅 냄비를 둘러싼 카운터석이어서 혼자 온 손님도 많다.

② 히로사카 하이볼(@highball810)

가나자와 번화가인 고린보에서 걸어서 5분인 멋진 바. 2층이어서 조금 망설여지는데, 용기를 내 들어가면 카운터석이 있어서 혼자 앉아도 괜찮다. 가게 이름인 하이볼을 추천! 안주도 맛있어서 가볍게 식사할 수 있다.

③ 기타리쿠가나자와 노토메구리(北陸金沢回転寿司 のとめぐり)

친구가 추천해준 역 빌딩 안의 회전 초밥집. 혼자 편하게 들어갈 수 있고, 회전 레일이 있으나 아담한 가게다. 그 지역 생선으로 만든 초밥을 먹을 수 있다.

④ 츠보미(つぼみ)

가나자와 21세기 미술관에서 가까운 말차 카페. 말차 파르페가 최고다. 늘 붐비니 타이밍을 잘 노려야 한다. 빙수도 추천.

혼자 묵기 좋은 호텔

① 하얏트 센트릭 가나자와, 하얏트 하우스 가나자와

가나자와역에서 바로인 하얏트 계열 호텔. '센트릭'이 조금 비싸고 '하우스'는 장기 체류형 호텔이다. 하우스도 깔끔하고 간이 부엌이 있어서 편리하다. 욕조를 좋아하는 사람(나)에게는 아쉽게 샤워기만 있는 방이 많지만 하루나 이틀 정도라면 괜찮다.

리셉션 공간도 넓고 미니 편의점 같은 코너도 있어서 일하기에도 좋다.

② 호텔 포르자 가나자와

이용하기 편리해서 다른 지역에서도 혼자 여행할 때 추천하는 호텔 체인 포르자. 오우미 시장에서 가깝고 최근에 생겨서 깨끗하다. 평일은 1박 5,000엔 정도에 묵을 수 있다(2022년 숙박 당시).

나의 사랑하는 고향은 최서단 도시

나가사키

내 고향에 신칸센이 뚫리는 게 이렇게 기쁠 줄은 상
상도 못 했다.

2022년 9월 23일, 니시큐슈 신칸센 나가사키역
과 다케오 온천역을 연결하는 선이 개통했다. 나의
고향 나카사키에 처음으로 신칸센, '카모메'가 오는
것이다. 20년 전부터 계획을 들었으니까 지난해 '드
디어 개통!'이라는 포스터를 보고도 "아하" 정도의
느낌이었다. 그런데 정말로 온다니까 내가 생각해도
놀랄 정도로 심장이 뛰고 눈물도 찔끔 나서 꼭 타보
고 싶었다.

다만 이 신칸센, 계획대로라면 나가사키부터 하

카타까지 연결돼야 하는데, 겨우 그 절반인 나가사키부터 다케오 온천까지 31분 걸리는 거리만 개통되었다. 그래도 타봤다, 혼자서. 나가사키역에서 다케오 온천역까지 갔다가 곧바로 나가사키로 돌아오는 여행이다.

차체는 앞에서 보면 눈이 빨갛고 귀가 처진 토끼같다. 측면에 까만 히라가나로 '카모메'라고 적혀 있다. 지정석도 특등석인 그린차처럼 여유롭고, 시트 등받이는 둥근 모양의 목제, 바닥은 귀여운 모자이크 무늬다. 역시 차량 디자인이 뛰어난 걸로 유명한 JR 큐슈다.

타본 감상은 최고로 즐거워! 그러나 역시 짧다. 나가사키는 매력적인 낙도도 있고, 아름다운 바다와 완만한 산도 있다. 47개 도도부현 매력도 랭킹에서도 상위권이다(살짝 자랑하기). 빨리 하카타까지 이어지면 좋겠다고, 갑자기 신칸센 열망론자가 되었다.

최서단 도시에 어서 오세요

자, 여러분. 만약 신칸센을 타고 나가사키역에

도착했다면, 그곳은 신칸센 개통에 맞춰 반짝반짝해진 새로운 나가사키역입니다. 우선 내린 역의 플랫폼을 바다 방면으로 쭉 걸어보세요. 플랫폼 앞에 펼쳐진 바다, 거기가 나가사키항입니다.

신칸센이 멈추지 않고 그대로 달리면 혹시 바다에 떨어지지 않을까? 이런 생각이 드는 역은 아마도 나가사키뿐 아닐까? 거기에 '일본 최서단 신칸센 역'이라는 간판이 세워져 있다.

그렇다. 나가사키는 일본의 서쪽 끝에 있는 도시다. 포르투갈에 갔을 때, 유럽 최서단인 호카곶을 방문했다. 대항해 시대 때부터 나가사키와 깊은 인연을 맺은 포르투갈. 동쪽이 해가 뜨는 거리라면 서쪽은 해가 잔영을 남기는 거리. 뭔가 통하는 바가 있을지도 모른다(리스본에 갔을 때 나가사키와 똑같은 곳이 얼마나 많던지 깜짝 놀랐다).

도쿄에서 나가사키로 돌아오면 아침이 어둡고 해가 길어서 서단에 있는 것을 실감한다.

그런 서단 도시, 나의 고향 나가사키를 혼자 여행한다면? 2박 3일 추천 코스를 소개한다.

나가사키 공항을 하늘에서 내려다본다

나가사키까지 하늘길로 간다면, 통로 자리를 좋아하더라도 그때만은 꼭 창가 자리에 앉는 것을 추천한다. 공항에 내릴 때까지 경치를 꼭 봐야 한다.

나가사키 공항은 바다 위 인공섬에 있다. 착륙이 가까워지면 에메랄드빛 오무라만에 크고 작은 새들, 뒤얽힌 후미, 그 위에 뜬 배, 완만한 언덕에 세워진 집들, 계단식 논이 마치 드론 위에 올라탄 것처럼 차례차례 눈에 들어온다. 그 바다가 얼마나 아름다운지! 두근거린다. 바다와 육지가 복잡하게 얽힌 모습에 "와, 저 곳은 대체 어떻게 된 거지?" "저 계단식 논에 서보고 싶어" 하고 소리 내며 푹 빠져보기를.

공항에 도착하면 나가사키 시내까지는 버스로 가자. 나가사키시 중심, 새로워진 나가사키역이나 번화가까지는 40분 정도 걸린다. 여행 기점은 나가사키역 근처가 편리하다. 역 뒤에 생긴 힐튼 호텔을 추천한다. 창문에서 항구와 역 플랫폼을 전부 볼 수 있는 방이 있다(도심지 힐튼 호텔보다 훨씬 저렴하다).

항구를 한 바퀴 산책하자

　나가사키역은 나카사키항과 거의 닿아 있다. 이 나가사키항, 예전부터 '학의 항구'라고 불렸다. 상공에서 보면 날개를 펼친 학이 고개를 쭉 뺀 모습처럼 보이기 때문이다. 학의 목으로 보이는 것은 나가사키항으로 흘러드는 강. 펼친 날개로 보이는 것은 외해를 향해 완만히 넓어지는 항구다. 이 항구를 따라 '걸을 수' 있다. 나가사키 혼자 여행 첫날에는 꼭 항구 걷기를 추천한다.

　나가사키역에서 시작해, 바로 옆의 새로 지은 현청사를 지나 나가사키와 낙도를 연결하는 부두 '오하토', 새로 정비된 '미즈베노모리 공원', 거기에 세워진 '나가사키현 미술관', 또 일본 유수의 오랜 서양 건축인 '구 홍콩상하이은행 나가사키지점 기념관'이나 '구라바엔', '오우라 천주당'이 있는 미나미야마테 아래쪽까지 전부 바다 옆 산책로로 걸어갈 수 있다. 최근 몇 년간 정비한 덕분에 '도보로' 항구를 돌아볼 수 있다. 당연히 달리는 기분도 최고다.

　그중에서도 나가사키역에서 오하토와 나가사키

현 미술관까지 약 2킬로미터는 "짱이다, 나가사키시!" 하고 박수를 보내고 싶을 정도로 내 인생 베스트 3에 들어가는 멋진 산책로다. 항구를 다양한 각도에서 볼 수 있고 아무튼 바다가 가깝다.

육지 쪽도 설계가 점잖아서 좋다. 높은 울타리가 없고, 세련된 우드데크와 피크닉을 할 수 있을 정도로 넓고 푸른 잔디가 있으며 또 항구에서 이어진 수로 위에 건물이 선 독특한 설계의 미술관도 즐겁다.

예전에 이 부근에는 화물열차의 선로가 있었고, 그 주변에 집과 상점, 창고가 드문드문 있었다. 창고가 낡고 인적이 드물어서 조금 꺼림칙한 풍경이다 보니 산책에 어울리지 않았다. 정비는 쉽지 않은 일이고 그와 관련된 모두가 행복한 결말을 맞이하진 못했을 수도 있으나, 어쨌든 지금은 아주 평화롭고 아름다운 공원(미즈베노모리 공원)이 되었다. 만과 배, 멀리 보이는 조선소와 야트막한 산등성이, 섬 그림자를 바라보며 아침부터 밤까지 혼자 느긋하게 보낼 수 있는 희귀한 곳이다. 그렇지, 복원된 '데지마(1859년 일본이 개항하기 전까지 서양과 교류한 유일한 창구-옮긴이)'도 근처다.

참고로 나는 이 항구 오하토(부두) 옆에서 배를 구경하거나 화물열차 선로를 몰래 넘어 다니며(이러면 안 된다) 자랐다.

나가사키는 에도 시대부터 시작된 항구 마을이다. 그러니 꼭 항구를 보며 나가사키의 첫 인상을 느끼면 좋겠다. 운이 좋으면 남극 조사선 '시라세'나 빌딩처럼 커다란 중국 여객선(너무 커서 배 같지 않다)도 볼 수 있다.

다양성의 도시, 역사를 알면 재미있다

여행은 역사를 알면 즐거워진다. 늘 이렇게 생각한다.

나가사키는 알다시피 쇄국 중인 에도 시대에 유일하게 밖으로 문을 연 도시다. 명과 청, 네덜란드, 포르투갈, 영국 등에서 온 '이인'들의 거류지가 거리에 있었다. 지금도 구라바 저택(저택 이름이 유래한 토마스 글로버는 영국인)을 시작으로 서양 건축군이 남아 있고, 교회와 외국인 묘지도 있다.

또 당나라 사람의 옛 거주지도 남아 있다. 여기

에 살았던 사람들은 오키나와, 타이완과 마찬가지로 지금의 중국 푸젠성 남쪽에서 온 사람들이다.

1662년, 당시 네덜란드가 지배한 타이완 남부에서 네덜란드군을 몰아내고, 현재 타이난에 도시를 세운 인물이 정성공이다. 타이난에는 정성공의 동상과 사당이 있고, 타이완에서는 모르는 사람이 없는 역사적 인물이다. 그의 모친은 일본인으로 나가사키 사람이었다.

지금도 타이난에 가면 짬뽕 같은 면 요리나 나가사키 카스텔라(타이완의 폭신폭신한 카스텔라와 다른, 나가사키가 발상지인 카스텔라)를 볼 수 있다.

엄마 친구 중 한 분은 타이완에서 나가사키 차이나타운에 온 사람인데, 원래 복주(지금의 푸젠성)에서 타이완으로 이주한 일가였다고 한다. 지금도 나가사키 차이나타운에는 복주에서 온 사람들의 자손이 많이 있다.

네덜란드나 포르투갈, 영국이 중심인 유럽 사람들, 복주가 중심인 중국이나 타이완에서 온 사람들, 그리고 순수한 나가사키 사람, 에도에서 온 관리, 또 에도를 비롯해 전국에서 '나가사키 유학'을 위해 모여든 사람들, 모두가 이 작은 도시에서 교류하며 살았다.

즉, 에도부터 메이지에 걸쳐 나가사키는 '다양성의 도시'였다.

싯포쿠 요리는 둥근 테이블에서 마음 편하게

다양한 사람이 모인 도시임을 상징하는 것 중에 재미있는 것이 나가사키만의 식사 스타일 '싯포쿠 요리'가 아닐까. 싯포쿠란 둥근 식탁을 말한다. 이 둥근 식탁에서 식사할 때 규칙이 독특하다.

둥그니까 상석도 없고 말석도 없다. 자리에 앉으면 먼저 '오히레'라는 요리가 나온다. 이것은 한 사람당 도미 지느러미 하나가 들어간 맑은국으로, "당신을 위해 도미 한 마리를 손질했습니다"라는 접대의 마음을 나타낸다.

이 요리를 다 먹을 때까지 술도 나오지 않고 엄숙한 분위기가 이어진다. 그래도 그 후에는 복잡한 순서 없이 각종 요리가 한꺼번에 나온다. 나가사키 문화를 '와카란(和華蘭)'이라고 하는데, 일본풍과 중국

풍과 서양풍이 혼합되었다는 뜻이다. 음식 문화 또한 일본 전통식과 중식과 네덜란드 등의 서양식이 전부 뒤섞였다. 회도, 나가사키 덴푸라(튀김 비슷한 요리)도, 동파육도 나온다. 손님은 자기가 원하는 대로 좋아하는 음식을 먹으면 된다(후에 순차적으로 요리를 내는 가이세키 요리의 영향을 받아 순서가 생긴 싯포쿠 요리 가게도 있다).

할머니가 종종 이런 말씀을 하셨다. "그렇게 서양 사람도 당나라 사람도 일본 사람도, 무사도 상인도 남자도 여자도 지식인도 무지렁이도, 예절이나 예법 따위 신경 쓰지 않고 먹게 했었지. 참 나가사키다워." 그야말로 다양성을 인정하고 받아들인 도시다.

어슬렁어슬렁 걸어보자

자, 나가사키 여행 2일째는 역사와 다양성을 듬뿍 느끼며 길거리를 '사루쿠' 해보면 어떨까? '사루쿠'란 나가사키 사투리로 '어슬렁어슬렁 돌아다닌다'라는 뜻이다.

먼저 역과는 반대쪽에서 항구를 내려다보는 나

베칸무리산에 간다. 이곳 전망대는 나가사키항을 비스듬하게 내려다보는 위치로, 학의 항구와 언덕길 거리를 단숨에 파악할 수 있다. 야경도 숨 막힐 듯이 아름다우니 첫날 밤에 가는 것도 추천한다.

거기에서 미나미야마테로. '구라바 저택'과 '오무라 천주당'(국보이자 세계유산)을 보며 오란다자카 언덕을 걸어 프로테스탄트 계열 학교의 붉은 지붕이나 돌바닥, 이른바 유럽 지역을 거닌다.

언덕을 내려오면 이번에는 중국식 지역이다. 나가사키 공자묘, 당나라 사람 옛 거주지, 차이나타운으로 간다. 옛 마루야마 유곽 주변까지도 걸어갈 수 있다. 남자들이 마루야마에 갈지 말지 생각했다는 시안 다리도 바로 근처다. 머뭇거리다가 돌아갔다는 '돌아가는 버드나무'도 있다(그냥 평범한 버드나무다).

어렸을 때는 도저히 못 걷겠다고 생각했는데, 어른이 되어 걸어보니 쭉 둘러봐도 2만 걸음 정도였다. 다릿심과 잘 상의해보고, 지치면 노면전차도 이용하며 어슬렁어슬렁 걸어보자.

혼자이므로 더더욱 원폭 자료관에

3일째, 혼자 여행이므로 꼭 가보면 좋은 곳이 원폭 자료관이다. 나가사키역에서 번화가와 반대 방향, 시영 전철로 15분쯤 걸리는 폭발 중심지에 있다.

우울해지겠다고 생각하지 말라. 아, 물론 우울해지겠지만, 여행 도중 1시간이라도 좋으니 꼭 들르면 좋겠다.

또 하마노마치 아케이드나 역에서 걸어서 갈 수 있는 나가사키시립 도서관에도 '구호소 메모리얼'이 있다. 이 도서관 자리에 있던 신코젠 소학교가 피폭자 구호소였기에 당시 건물을 재현해 다양한 자료를 전시해두었다.

내 생가도 폭발 중심지에서 2킬로미터 조금 넘는 곳에 있었다. 원폭이 떨어진 그 순간이 아니라 십수 년 이후, 수십 년 이후 원폭이 원인일 백혈병이나 다발성 암으로 친척 어르신들을 잃었다. 순간적인 대량 학살이 아니라 그 후로 오랫동안 매년 사람이 죽는다. 그것이 원폭이다.

낮에는 '욧소우',
밤에는 '파밀리아'에서

낮, 또 이른 저녁에 혼자 들어가기 좋고 나가사키다운 가게가 '욧소우(yossou)'다. 마을 중심, 하마노마치 아케이드에서 바로다. 에도 시대에 창업했다고 한다. 명물은 계란찜의 일종인 자완무시와 무시즈시(초밥용 밥에 버섯, 밤, 장어 따위를 넣고 찜통에 찐 요리 – 옮긴이) 세트. 자완무시는 국물 대신으로 먹는 것이어서 엉김이 적다. 맛국물이 촉촉하게 스며든다.

대부분 이 세트를 먹는데, 남몰래 추천하고 싶은 것이 고등어 초밥이다. 교토와 다르게 신선하고 활기 넘치는 고등어가 잡히는 나가사키에서만 먹을 수 있는, 너무 세게 쥐지 않은 두툼한 고등어 초밥이다. 혼자라면 이 고등어 초밥과 자완무시 조합도 좋을 것이다.

밤에는 욧소우 바로 근처인 '파밀리아(famiglia)'를 추천한다. 이탈리아에서 공부했고 소금부터 직접 만드는 셰프가 카운터석에서 적당한 거리감으로 친절하게 접대한다.

나가사키 근교 방목 돼지로 직접 만든 로스 햄이나 파테 드 캄파뉴, 대나무 숯이 들어간 수타 파스타, 생선이 맛있는 나가사키다운 어패류 쇼트 파스타 등이 있다.

나가사키역 구내의 '나가사키가도 카모메 시장'도 푸드 코트 형식이어서 혼자 가기 좋다. 나가사키현의 소주, 일본 술을 서서 가볍게 마실 수 있는 바도 있다.

'소슈린'이라는 짬뽕과 쟁반우동 가게도 추천한다. 여긴 특히 '가늘고 오독오독한' 튀김국수로 만든 쟁반우동이 유명하다. 면이 가늘어서 채소와 어패류를 듬뿍 넣은 양념이 잘 묻어나서 먹기 좋다. 튀김국수는 선물하기도 좋다. 면을 쟁반에 얹고 냉장고의 채소나 돼지고기를 볶아서 올리면 순식간에 완성이다. 게다가 일품요리 같은 느낌이 있다. 언제나 쟁반우동은 대단하다고 생각한다.

가뿐하게 먹고, 배부른 행복감을 느끼고 가뿐하게 돌아오자.

여행하는 당신을 따라 걷고 싶다

고향 나가사키를 떠나 상경한 지 30년 이상 지났다. 이제는 도쿄 생활이 더 긴데 지금도 도쿄를 걸으면 여행하는 감각을 느낄 때가 있다.

반면에 나가사키는 떠난 지 30년 넘게 지났으면서도, 너무 내 위주로 생각하는 것 같지만 역시 내집, 내 도시다.

특히 50세를 넘은 후부터는 사소한 계기로 나가사키의 평범한 경치를 종종 떠올린다. 한여름 시부야에서 올려다본 하늘에는 묘지가 있는 나가사키 절에서 본 푸른 하늘이 겹치고, 교토에서 기온마쓰리음악을 들으면 머릿속에서 나가사키의 가을 대축제 '온쿠치'의 샤기리(봉납 악곡)로 전환된다.

나가사키에 돌아가고 싶은 것은 아니다. 우리 집은 장사꾼 집안이니까 까다로운 관습이나 지긋지긋한 것도 많아서, 열여덟 살이었던 나는 답답하기만 했다. 만화가 오카자키 교코의 『도쿄 걸즈 브라보』(도쿄를 동경해 홋카이도에서 상경한 여자의 이야기)처럼 여긴 싫어, 내 인생은 도쿄에서 시작될 거야, 라는 홀

가분한 마음으로 도쿄로 왔다.

그래도 문득 나가사키를 생각한다. 그것도 사랑스러워서 눈물이 난다. 어라? 이거 혹시 향수병? 노화? 애정이 점점 깊어지나? 참 신기하다.

'하가이카~'라는 말이 있다. 표준어로 번역하지 못하는 나가사키 사투리인데 '분하다'나 '속이 타다'를 합친 말이라고 할 수 있다. 사실은 혼자 나가사키를 걷는 당신 옆에서 유령처럼, 〈미나미 군의 연인〉 (갑자기 키가 15cm로 작아진 연인과 동거하는 고3 학생의 이야기. 원작은 만화이고 드라마로도 제작되었다 – 옮긴이) 처럼 쫓아다니고 싶다. 여기도 저기도 안내하고 싶다. 그러지 못하니까 '하가이카~'라고 생각하며 지금 글을 쓰는 중이다.

부디 혼자 어슬렁어슬렁 돌아다니다가 여러분에게 나가사키가 한 번 더 오고 싶은 곳이 되길 바란다.

3장

해외 혼자 여행

처음으로 혼자 해외를 간다면 타이베이에

타이완

코로나 유행 전까지는 타이완에 다니는 수준이었다. 그러다가 가장 많이 다닌 도시, 타이베이의 여행 가이드북 『먹고 웃고 걸으며 좋아지는 어른의 포상 타이완』까지 썼다.

책 제목대로 타이완은 우선 음식이 맛있다. 게다가 혼자서도 맛있는 밥을 먹을 수 있다. 책에서 소개한 곳 중 80퍼센트 정도는 혼자 먹으러 돌아다닌 타이베이 가게다.

또 타이완은 이상하게 여행자를 싱글벙글 웃게 만든다. 설령 혼자여도 기본적으로 웃는 표정이 된다. 또 혼자 걷기 좋다. 즉, 먹고 웃고 걸으며 최강의 혼자 여행을 할 수 있다.

　타이완 혼자 여행으로 '기분 좋은 저금'이 얼마나 넉넉해졌는지 모른다. 귀국한 후에도 우울해질 때 회상하면 미간의 주름이 풀어지고(사라지진 않지만) 뺨도 부드러워진다. 고마워, 타이완!

　터프하고 다정한 사람들에게 배우다

　이 원고도 코로나가 조금 진정된 타이완에서 쓰는 중이다. 왜 이렇게까지 타이완에 끌릴까?

　타이완의 매력은 다양한데, 역시 제일은 사람이다. 사람들의 다정함, 솔직함, 대담함, 인정. 나는 종종 "타이완의 특산품은 사람이다"라고 말한다. 단순히 여행자인 내게 친절히 대해줘서만은 아니다.

　타이완 말로 "수고했습니다"는 "싱쿨러"다. 힘들거나 괴로운 일이 끝났다는 뜻이다. 이 말이 곧 타이완이라고 생각한다. 고난 가득한 힘든 역사를 거쳐 지금의 타이완이 있다는 걸 아니까.

　타이완이 지금처럼 민주적이고 풍요로운 나라로 키를 튼 것은 1980년대 중반이다. 나도 타이완에 다니기 시작한 후로 아무것도 모르는 것이 부끄러워서 타이완 관련한 책을 강경한 것부터 유연한 것까지 탐독하다가 알았다. 기록이 남은 17세기부터 1980년대 중엽까지 타이완 역사를 책이나 영화로 접해보기를 권하고 싶다.

지금 타이완에 사는 사람들은 원주민(타이완에서는 선주민이 아니라 원주민이라고 칭한다) 이외에 전부 이민자다. 미국과 같다. 또 언제 타이완에 왔는가, 왜 왔는가가 생각보다 중요한 의미를 지니고, 그런 차이에 따라 '가족 역사'가 다양하다. 그 차이가 서로 용납하기 어려운 '차이'가 되기도 한다. 그래도 그 전부를 극복하고 지금 이곳에서 함께 지낸다.

오랜 시간을 들여 자기들 손으로 다양한 민족이 공존하는 타이완을 만들었다. 그걸 알면 "싱쿨러"라고 말하고 싶어진다. "터프하지 않으면 살아갈 수 없다. 다정하지 않으면 살 자격이 없다." 타이완에 오면 탐정소설의 거장 레이먼드 챈들러의 이 말이 생각난다.

그런 사람들이 응원해주기 때문일까? 타이완에 있으면 기분이 대범해진다. 도쿄에서는 속 좁은 나를 있는 대로 드러내며 짜증 내던 일도, 자갈처럼 축적된 응어리도 별일 아니라는 생각이 든다.

타이완 친구가 '분노는 자신에게 주는 독'이라는 인디언계 미국인의 말을 알려주었다. 화를 내면 상대는 물론이고 자기 자신이 우울해지고 독에 당한다. 그러니 화를 내거나 증오하지 말고 앞으로 나아가자는 의미다.

해외 혼자 여행의 시작은 타이베이

자, 해외로 가는 혼자 여행이다. 해외에 처음으로 혼자 여행을 간다면 타이베이가 어떨까?

타이완에서도 특히 타이베이는 혼자 쾌적하게 여행할 수 있는 인프라를 갖췄다. 우선 치안이 좋다. 물론 위험한 곳은 있으니 평소처럼 주의해야 한다.

또 타이완은 같은 한자 문화권이어서 다니기 편한 면도 있다. 물론 한자는 어렵지만, 어느 정도는 무슨 뜻인지 추측할 수 있다.

혼밥이 매우 충실

타이완에는 반찬과 면, 밥을 먹을 수 있는 '샤오치'라는 가게가 많다. 타이완 사람들은 대부분 배가 고프다 싶으면 시간에 개의치 않고 혼자 식사한다. 샤오치는 시장 근처나 야시장, 사당 근처에 반드시 있다. 또 회사가 밀집한 지역에도. 집에서 요리하지 않는 사람이 다수여서, 부엌을 대신하는 것처럼 격식 없는 가정식을 내는 가게가 길거리에 많이 있다.

이런 가게 중에는 메뉴가 다양하지 않아서 선택지가 하나나 둘뿐인 가게도 많다. 또 메뉴가 다양하게 있어도 한자 두세 개만 찾아보면 어떤 요리인지 내충 알 수 있다. 바로 옆에서 그 요리를 만들고 있을 때가 많으니 그걸 가리키거나 먼저 먹는 사람을 보고 "저거! 주세요" 하고 주문해도 된다.

테이크아웃도 혼자에게 좋다. 도시락도 원하는 재료를 직접 담는 방식인 가게가 많아서 기분이 들뜬다. 만두나 구운 떡처럼 사서 바로 먹을 수 있는 길거리 음식도 많다. 보통 적당한 위치에 벤치나 공원이 있으니 앉아서 먹으면 된다.

언젠가 여행에서 이번에는 돼지고기 만두를 마음껏 먹겠다며 머무르는 나흘간, 이래도 되나 싶게 먹고 다닌 적이 있다. 역시 가게에 따라 맛이 매우 달랐다. 또 내가 만두피에 집착한다는 것을 알았다.

피는 단순히 물과 밀가루를 반죽해 발효시켜서 만든다. 발효에는 드라이이스트가 아니라 '라오멘'이라는 발효종을 쓰는 가게가 많다. 라오멘은 가게에 대대손손 전해지는 발효 반죽이다. 소중히 보관하며 새로 반죽을 만들 때 추가해서 발효한다.

이 라오멘으로 만들면 일본 편의점에서 파는 고기만두처럼 폭신하게 부풀지는 않고, 촉촉하고 적당하게 부푸는 것 같다. 천연효모 빵처럼 밀가루 맛이 강하게 나지 않고, 풍미가 고급스러우며 달짝지근하다. 갓 찐 만두를 받으면 폭 쪼그라들 것 같은 만두피다. 그것이 속에 든 고기와 채소와 완벽하게 어울려 보드라운 맛을 완성한다.

타이완 사찰 요리를 혼자 편하게

소식(素食), 즉 채식도 혼밥으로 추천한다. 특히 예전처럼 많이 먹기 힘든 중년 여성(나)에게 추천하고 싶다.

타이완은 인구 전체의 약 15퍼센트가 넓은 의미의 채식주의자라고 한다. 종교적 이유로 하는 사람이 많고, 인구 중 채식주의자가 점하는 비율은 인도 다음이다. 그래서 세련된 비건 요리보다는 예전부터 내려오는 사찰 음식 같은 채식 음식점이 많다.

소식 식당을 추천하는 이유 중 하나는 '자조찬'이라는 뷔페 형식 식당이 많기 때문이다. 가지런히 놓인 다양한 요리 중 좋아하는 음식을 원하는 만큼 접시(혹은 테이크아웃 용기)에 담는다. 그 무게를 재서 돈을 낸다. 따로 재지 않고 용기별로 일률 계산하는 곳도 있다. 식당에서 먹어도 되고 포장해서 가져가도 된다.

나는 채식주의자는 아니나 사찰 요리를 좋아해서 교토 절이나 후쿠이현의 절 에이헤이지, 야마가타현의 하구로산에 먹으러 간다. 어느 곳이나 지혜와 궁리가 담겼고, 채소의 참맛도 풍부하다. 먹으면 몸이 가뿐해지는 건강한 요리다. 타이완의 소식도 그렇다.

일본에서는 예약해야 하는 곳이 많아서 일상적으로 훌쩍 들러도 되는 채식 식당은 드물다. 타이완에서는 걷다 보면 소식 간판을 금방 볼 수 있고, 길을 가다가 내키는 대로 훌쩍 들어갈 수 있는 식당이 대부분이다. 편하게 사찰 요리를 먹을 수 있다.

'전소(全素)'나 '순소(純素)'는 가장 엄격한 채식으로, 식물성만 먹는 것에 더해 오신채인 '파, 마늘, 달래, 부추, 양파'도 안 먹는다. 오신채는 자극과 향이 강해 먹은 뒤에도 냄새가 남는다. 번뇌를 일으키니까 안 되는 걸까?

원래 내가 오신채를 별로 안 좋아해서 소식이 좋은 건지도 모른다. 솔직히 세끼 다 소식이나 전소라도 좋을 정도로 타이완 소식의 팬이다. 타이완 요리의 부드러운 간에는 채소와 콩이 잘 어울린다.

지하철 슈앙리엔역에서 갈 수 있는 아침 시장 슈앙리엔 시장. 중심가에서 조금 들어간 곳에 있는 '고가소식'을 좋아해서 혼자 가면 반드시 들른다. 식당 앞에 놓인 음식 중 좋아하는 것을 접시에 담아 백미나 잡곡미를 골라 담아달라고 하고 가게 안으로 들어간다.

불경이 배경 음악으로 흐르는 식당 안에서 아마도 동네 사람일 노인 몇 명이 각자 혼자 식사 중이다.

언제 가도 할머니나 할아버지가 있다. 내가 맛있는 가게를 고르는 요령 중 하나가 '그 동네 노인이 먹으러 오는 가게'이니 이곳은 전형적인 좋은 예다.

타이완 요리는 대부분 일본인에게 익숙한 맛이다. 너무 짜지 않고 너무 달지 않고 너무 맵지 않고 너무 격하지 않다. '과하지 않음'이 특징이다. 일본에서 유행하는 본격적인 중식과는 반대로, 사천요리라도 본고장의 맛을 따르지 않고 타이완풍의 다정한 맛으로 조절한다. 거기에 약간 달콤한 맛을 추가하면 나 같은 규슈 사람은 물론이고 일본 서쪽 지방 사람의 열렬한 지지를 받는 맛이 된다.

걸어서 돌아보면 매력이 두 배

타이베이의 어딜 갈까? 유명한 관광지가 많으니 그룹 여행이라면 관광지에서 관광지로 징검다리를 건너는 것처럼 돌아보는 여행도 즐거울 것이다. 그래도 혼자라면 징검다리 사이를 걸어야지! 걸어봅시다!

어떻게 걷는가. 타이베이에서도 평소의 규칙대

로 그날 가고 싶은 곳 3세트를 정해 걷는다. 내가 걸었던 모델 코스를 소개한다.

스타트는 시장에서

타이베이의 길거리 걷기는 시장에서 시작할 때가 많다. 타이베이에는 한 번으로는 다 돌아보지 못할 만큼 시장이 많고, 새로운 곳과 오래된 곳, 큰 곳과 작은 곳, 저마다 역사도 다양하다. 개성이 다르고 자신 있는 상품도 제각각이다. 이번에는 몇 번 가도 질리지 않은 '동먼 시장'을 첫 목적지로 삼았다. 두 번째 목적지는 동먼 시장에서 바로인 '융캉제', 세 번째는 조금 힘을 내서 '국립타이완대학'까지 걸어가기로 했다.

아침 10시. 지하철 동먼역에서 바로인 동먼 시장에 도착했다. 나는 시장에 갈 때면 늘 젓가락과 일회용 숟가락, 작은 종이컵, 얇은 비닐봉지, 물티슈를 지퍼백에 담아서 가지고 간다. 조금 맛을 볼 때, 또 반은 먹고 반은 가지고 갈 때를 위해서. 도대체 얼마나 먹보길래 이러냐고? 내가 생각해도 대단하다 싶다.

여기 동먼 시장은 1930년대부터 거의 달라지지 않은 모습을 유지한다. 오래되었지만 현역이다. 괜히 향수를 느끼게 되는데, 예쁜 건물로 새로 짓지 않고 옛 모습 그대로 남아서 정말 좋다.

좋아하는 구운 떡을 먹으러

시장은 '진산 남로 1단'이라는 대로를 끼고 동서에 있나(동쪽은 잡이 시장) 서쪽에서 반드시 들르는 곳이 또우화가 맛있는 '강기동먼 또우화(江記東門豆花)'다. 1976년에 창업한 곳으로 다 팔리면 끝이어서 13시 전까지는 도착하고 싶은 곳이다.

메뉴는 냉또우화, 온또우화, 두유뿐. 토핑은 땅콩뿐이고, 시럽은 산뜻한 흑당 풍미. 이 시럽을 두유에 넣어달라고 할 수도 있다.

또우화란, 많이들 알 텐데 말하자면 두부다. 다만 일본 두부처럼 간수를 써서 만드는 것이 아니라 두유를 석고(원래는 한방에서 유래한 식용 석고)로 굳힌 것(젤라틴을 쓰는 가게도 있다)이다. 타이완이나 홍콩에서는 달콤한 시럽이나 토핑으로 디저트처럼 먹는데, 중국에서는 소금 간을 하거나 매콤한 것도 있다.

나는 또우화를 좋아해서 또우화라는 간판을 보면 무조건 가게로 들어간다. 무작정 먹으며 다닌 결과, 이 가게는 내 안에서 갑을을 가릴 수 없는 타이베이 투 톱 중 하나다. 또 하나는 타이완대학 바로 근처에 있으니, 이날은 또우화로 시작해 또우화로 끝나겠다는 노림수다.

같은 서쪽 시장의 '리강병점(利隆餅店)'에서 파는 샤오빙은 뜨끈뜨끈 갓 나온 것으로 먹고 싶다. 샤오빙은 튀기듯이 구워 바삭바삭한 파이 같은 떡이다. 밀가루와 물 반죽인데 도대체 어쩜 이렇게 바삭바삭 결이 있는 식감이 나올까?

예전에 중국 밀가루 요리를 가르쳐주는 학원에 다녔을 때, 접는 것처럼 반죽하는 것이 요령이라고 해서 몇 번 해봤으나 바스스한 정도만 되지 바삭바삭함은 나오지 않았다. 이 가게의 샤오빙은 바삭바삭함이 이상적이고, 속 재료는 촉촉하며 간이 적당하다.

특히 알이 굵은 소보로 소고기와 볶은 양파를 넣은 '소고기 샤오빙'을 추천한다. 잘게 채 썬 무를 듬뿍 넣은 '나복 시빙'도 무의 단맛이 풍부해서 최고다. 무에 이런 매력이 있을 줄이야. 벽에 붙은 메뉴를 손가락으로 가리키며 주문하면 된다.

만약 다음 날 집에 돌아간다면 근처의 '66호 제면점'에서 완탕 피나 생 비훈을 나에게 주는 선물로 사자.

줄이 길게 선 끈적끈적 츠러우겅

건널목을 건너 동쪽으로 가면 장외 시장에서 30년을 넘게 이어온 '동먼 츠러우겅'이 있다. 줄이 길게 서 있어서 금방 알 수 있다. 가게 이름인 '츠러우겅(赤肉羹)'은 돼지고기 붉은 살코기에 흐물흐물하고 진득한 양념장을 얹은 듯한 끈적끈적하고 독특한 일품요리다. 밥에 얹어서 먹어도 된다. 참고로 여기는 돼지고기를 달콤하게 절인 루러우판(魯肉飯)도 맛있다.

어느 날, 한 할머니가 빈손으로 들어와 의자에 앉자, 직원이 주문도 받지 않고 재료가 극단적으로 적은 츠러우겅을 밥에 얹어 내왔다. 우물우물, 쩝쩝

한 그릇을 다 비운 할머니는 동전 하나를 놓고 나갔다. 동전은 츠러우겅 가격에 미치지 못하는 금액. 으음? 한동안 망상했다. 매일 오는 동네 사람? 공덕을 쌓으려고 노인에게 저렴하게 제공하나? 사실은 가게 주인? 그나저나 할머니의 당당한 모습이 굉장히 멋졌다.

배가 꽉 차면 어슬렁어슬렁 걸어 2분쯤 걸리는 인기 관광지 융캉제로. 입구에는 샤오룽바오로 일본에도 지점이 많은 '틴타이펑' 본점이 있다. 정오쯤에 갔다면 가게 앞이 혼잡할 것이다. 번호표를 받아 기다리는 시스템인데, 그 자리에서 무작정 기다리는 사람도 많다. 만약 아직 배에 여유가 있다면 샤오룽바오를 추천한다. 이곳은 베이스가 상하이(저장) 요리여서 볶음밥도 채소볶음도 깔끔하고 맛있다. 타이베이 안쪽에도 지점이 많은데, 반찬은 본점이 특히 더 맛있는 것 같다.

융캉제 거리에는 유기농 화장품이나 샴푸 가게, 찻집 등이 많다. 코로나가 진정된 2023년 1월에 가봤더니, 한동안 관광객이 오지 않아 폐점한 유명한 가게도 있었다. 그래도 앞으로는 활기차질 것이다.

더 들어가면 타이완 사범대학이나 정부 고관이나 대학교수, 문화인이 살았다는 집이 보인다. 그런 집들을 보수한 가게나 카페, 유기농 식품점이 많이 있으니 마음 가는 곳에서 쉬자. 타이완 사람이 얼마나 보수 공사에 뛰어난지 알 수 있다. 거기에서 조금 힘을 내서 타이완대학까지 걸어간다.

타이완대학에서는 도서관을 꼭 보자

타이완대학은 타이완 민주화의 키를 잡은 리덩후이를 비롯해 첫 여성 총통 차이잉원 등의 출신 대학인 굴지의 명문이다. 1928년에 설립되었는데 건축물 대부분이 당시 그대로 남아 있다. 야자 가로수 길을 지나, 먼저 명문 중 명문 학부이며 역사 깊은 농학부가 키운 농작물, 가공한 매실 절임, 아이스 캔디 등을 파는 가게에 가보자. 아이스 캔디를 먹으며 잠시 쉬는 것도 좋을 것이다.

다음으로 반드시 봐야 하는 사회과학동에 있는 도서관에. 일본을 대표하는 건축가 이토 도요 씨가 설계한 독특한 건물이다. 비가 많이 내리는 타이베이,

빗줄기가 수목을 흐르는 모습을 표현한 듯한 새하얀 기둥은 단순히 아름다움을 넘어 물받이 역할도 하고, 수목을 심은 옥상에 물을 뿌리는 기능도 한다고.

내부도 멋지다. 파문을 그리는 곡선이 아름답고 대나무로 만든 높낮이가 서로 다른 자유로운 서가도 인상 깊은 곳이다. 참고로 안에 들어가려면 여권 원본이 필요하니 잊지 말 것.

여기까지 오면 '대학구호 샤오빙(大学口胡椒餅)'의 갓 구운 샤오빙의 유혹에 넘어갈 것 같은데, 우직하게 초심을 밀어붙여 또우화로 시작해 또우화로 끝내겠다! 내 기준 타이베이 또우화 1, 2위를 경쟁하는 '용담 또우화(龍譚豆花)'에. 가게는 차고처럼 간소하고, 또우화는 차갑거나 뜨거운 것 둘 중 선택해야 하고 토핑은 땅콩뿐이다. 한 우물을 깊이 파면 단순함의 경지에 도달하는지도 모른다. '강기동먼 또우화'보다 땅콩이 조금 묵직한 느낌이다. 이것 역시 맛있다.

오후 4시가 지났다. 용담 또우화에서 가까운 지하철 궁관역을 이용해 호텔로 돌아왔다.

호텔에서 약 1시간쯤 쉬고, 밤에는 수제 맥주를

가볍게 한 잔 서서 즐길 수 있는 '철음실 대안(啜飲室 大安)'에 갔다. 드래프트 맥주 꼭지가 잔뜩 있는 카운터석에 앉자. 2023년 1월에 갔더니, 매실 풍미 드래프트 맥주를 온더록스로 마시는 스타일이 크게 히트했다. 타이완 수제 맥주는 쓴맛이 덜해 부드럽다.

용기를 내 동경하던 그 거리로

파리

4년 전, 용기를 내 처음으로 혼자 파리 여행을 감행했다.

13시간의 비행기 여행, 혼자니까 조금 비싸도 오전에 도착하는 편으로 티켓을 구매해 샤를드골 공항에 도착했다. 두근두근. 오늘의 행운 첫 번째, 파리 날씨가 쾌청했다. 어서 오세요, 하고 반겨주는 푸른 하늘에 마음이 놓였다.

동행인이 있다면 택시를 탈 텐데, 혼자니까 대중교통, 공항에서 오페라 극장 앞까지 가는 로와시 버스를 탔다. 커다란 캐리어를 돌돌 끌며 버스 정류장으로 갔다. 너글너글해 보이는 흑인 남자가 "티켓을 먼저 사세요"라고 말한 것 같아서, 그가 가리킨 곳으로 돌아가 티켓을 사 승차하는 줄에 섰다.

파리 공항 셔틀버스는 '로와시 버스(Roissy Bus)'와 '르 버스 다이렉트(Le Bus Direct)'가 있다. '샤를드골 공항'과 '오페라 극장(오페라 가르니에)'를 연결하는 것이 로와시 버스로, RATP(파리교통공단)가 운행하니까 여자 혼자라도 안심(물론 낮에 이용할 것을 추천)이라는 내용을 꼼꼼히 조사해왔다.

무사히 버스를 타서 캐리어를 보관 장소에 으라차차 올리고, 짐이 보이는 위치에 앉았다. 하네다 공항에서 빌려 온 와이파이도 잘 연결되어서 '무사히 로와시 버스를 탔어(^^)♪' 하고 파트너에게 라인 메시지를 넣었다. 여기까지 잘 풀려서 소소한 성취감을 느꼈다. 다 큰 어른이지만 '첫 심부름'을 해낸 기분이었다.

버스는 차도를 달리고 다양한 인종으로 붐비는 광장을 지나 점점 도시 중심으로 향했다. 건물도 거리 풍경도 사람도, 중심이 가까워질수록 화려해지는 것 같다.

50세 여자의 혼자 여행은 안전과 안심이 최우선

이번 파리 혼자 여행은 파트너와 함께 지낼 여름 휴가 일정보다 먼저 온 것이다. 파트너가 오는 날보다 나흘 먼저 파리에 와서 3박 4일을 혼자 여행하는 계획이었다.

아무튼 안전이 최우선. 가족과 소중한 사람들을 위해서도 염려증을 마음껏 풀어놓고 준비했다.

우선 항공권. 파리는 밤에 도착하는 편이 좀 더 저렴하나, 해가 진 뒤 공항에 도착하는 건 말도 안 되니 절약하지 않고 오전에 도착하는 편으로.

환전은 하네다 공항에서 했고, 예비로 어디서나 쓸 수 있는 달러 지폐도 챙겼다. 이건 어딜 가나 마찬가지인데, 여권 케이스에 20달러 지폐를 늘 세 장쯤 넣어 다닌다(쓴 적은 없지만). 그 외에 지갑 두 개를 챙긴다.

역에서 가깝고, 작아도 안전하고 쾌적한 호텔에

다음으로 호텔, 여행의 베이스캠프다. 당연히 민

박이나 에어비앤비는 안 된다. 공항과 연결하는 버스 정류장, 지하철역에서 가깝고 해가 저물어도 비교적 밝고 북적이는 곳이며 24시간 리셉션에 직원이 있는 호텔을 찾았다.

파리는 호텔이 비싸다(2022년 이후로 더 비싸진 것 같다). 그래도 안전제일이고, 나이가 있으니까 피로가 풀리는 호텔이 좋다. 절충해서 찾은 곳이 '다누 오페라(Hotel Daunou Opera)'라는 아담한 호텔이었다.

공항에서 오는 버스가 서는 오페라 극장(지하철역도 있다)에서도 3분, 밤에도 밝은 골목에 있고, 방은 작은 편이나 나에게 중요한 욕조도 있다.

타고나기를 겁이 많으면서 서스펜스 소설의 팬인 나는 안 좋은 상상력이 맹렬하게 움직이는 인간이어서, 이날도 조심성을 충분히 발휘해 신발 안에 50유로를 넣고 파리에 도착했다.

오페라 극장 옆에서 내리자, 도착한 사람과 공항에 가는 사람으로 복잡했다. 인파를 헤치고, 파리 명물인 소매치기에도 주의하며 호텔까지 캐리어를 돌돌 끌며 걸었다.

체크인 시간까지 한참 남았는데도 방에 들어가

게 해줘서 파리 행운 두 번째였다. 간신히 긴장의 방어벽이 풀려 한숨 돌렸다.

네 번째로 온 파리. 그래도 혼자는 처음이다. 파리에 친구도 없다. 100퍼센트 '외톨이'로 시작이다.

자, 뭘 할까?

알기 쉬운 곳에서, 차츰차츰 실력을 갖추자

이번 여행에서 내가 가려고 한 곳은 총 세 곳. 하나는 주말만 여는 벼룩시장. 또 하나는 파리 거리 사방에 있는 마르쉐(시장), 그중 몇 군데를 찜했다. 세 번째는 오르세 미술관이다.

도착한 날은 제일 가기 쉬운 오르세에 가기로 했다. 우선은 알기 쉬운 곳부터. 스마트폰과 대여한 와이파이를 갖추고 레츠 고!

오페라 극장 근처 호텔에서 오르세까지는 걸어서 25분 정도. 느긋하게 걸었다. 내가 지금 파리에 있다는 두근거림을 느끼며 튈르리 정원으로 직진했다.

좌완으로 건너가는 레오폴 세다르 생고르 다리는 바닥이 나무로 된 귀여운 다리다. 늘 그렇듯이 연인을 맺어주는 자물쇠가 잔뜩 걸려 있다. 자물쇠로 맺어진다니 대체 뭐지 싶은데 그건 됐고, 여기에서 보면 왼편으로 보이는 오르세에 심장이 뛰었다.

파리 오를레앙 철도 역사와 호텔이었던 오르세 미술관. 센강을 따라 옆으로 긴 건물은 플랫폼 같다. 커다란 시계 아래로 고개를 들어 시계를 확인하고 급하게 달려가는 사람이 보이는 듯하다. 지금은 미술관인 걸 알지만, 왠지 모르게 여행하는 마음이 절절하게 생긴다.

멋지다, 파리다, 파리. "봉주르 오르세!" 다리 위에서 속삭였다.

신생 오르세, 그 의자에 앉고 싶다

이번에 혼자 오르세가 가고 싶어진 이유는 NHK 방송을 봤기 때문이다. 2011년에 2년간 개장 공사를 마친 신생 오르세의 특집 방송으로, 배우 아마미 유키 씨가 혼자 완전히 대여한 상태로 오르세를 돌아보는, 몹시도 부럽고 호화로운 방송이었다.

그림을 보는 건 좋아하나 인상파를 특별히 좋아

하는 것도 아니고, 미술에 조예도 깊지 않은 나. 그래도 진품(당연하지만) 르누아르나 모네나 세잔의 그림 앞에 놓인 의자에 앉아 손을 내밀면 닿을 듯한 거리에서 가만히 바라보고 싶었다.

게다가 그 의자는 요시오카 도쿠진 씨가 물을 이미지로 디자인한 유리 의자다. 아니, 이거 예술 작품이잖아. 여기 앉아도 돼? 이런 생각이 드는 의자다. 직성이 풀릴 때까지 앉아 있고 싶었다.

그날은 종일 오르세에 있었다(붐벼도 줄 서면 들어갈 수 있는데, 시간이 없다면 인터넷으로 예약하는 편이 현명하다). "언제까지나 있어도 돼"라는 오르세 정령의 속삭임이 들린 것 같았다. 고마워요.

해가 지기 시작하길래, 걸어서 15분인 백화점 '봉 마르쉐(Le Bon Marché)'로 갔다. 식품관을 꼼꼼히 둘러보고 무지무지 맛있을 것 같은 기본 중의 기본 로스 햄과 바게트, 간 테린, 허브 듬뿍 샐러드, 신선한 서양 배와 라즈베리(간과 같이 먹는다), 민트 잎(녹차에 넣는다)과 화이트 와인 한 병(사흘간 마실 예정), 포장지가 예쁜 초콜릿을 샀다. 바로 앞에 있는 지하철을 타고 호텔로 돌아와 파자마를 입고 행복한 저녁 만찬을 즐겼다.

왜냐, 파리는 혼밥이 쉽지 않다. 밖에서 식사하
는 건 누군가와 만나고 대화하기 위해서잖아? 왜 혼
자야? 이런 문화다. 혼자면 예약하기 어려운 곳도 있
다. 그래서 곤란할 때는 카페나 카운터석인 바에 가
도 되는데, 이날은 호텔에서 느긋하게 보냈다. 게다
가 파리에서 백화점 음식을 마음껏 먹는 건 혼자니
까 누릴 수 있는 사치다.

클리냥쿠르 벼룩시장에

중학생 때 애독했던 잡지 《anan》(이때는 완벽한 패
션잡지였다)에서 파리 벼룩시장을 다룬 기사를 보고
'우아, 대단하다'라고 생각하며 동경심을 품었다. 이
후 파트너와 함께 파리에 갔을 때 한 번 가봤다. 이번
에는 혼자서 시간이나 일정을 신경 쓰지 않고 돌아
보고 싶었다!

파리 근교에서 열리는 벼룩시장은 많은데, 클리
냥쿠르 벼룩시장(Marché de Clignancourt)이라면 지하
철로 갈 수 있다.

내가 노린 물건은 빈티지 테이블크로스나 접시, 커틀러리다. 결혼 준비로 직접 이니셜을 수놓은 테이블크로스, 지금 보면 정신이 아득해질 정도로 복잡한 레이스 뜨기, 꽃이나 새 같은 소박한 자수가 놓인 테이블센터, 정취 있는 그림 접시, 세월이 느껴지는 커틀러리 등 숨은 보석은 찾아보면 얼마든지 있다.

그릇도, 넋을 놓고 바라보게 되는 풀 세트(넓은 접시뿐 아니라 수프 접시부터 피쳐, 코코트 냄비까지 총 150점 이상 갖춘 세트!)부터 한 점씩 살 수 있는 것까지 다양하다. 그중에 헤렌드나 리차드 지노리 같은 노포의 빈티지나 고가 은식기처럼 골동품 가치가 있는 것도 있다. 그래도 대부분은 브로캉트(brocante, 고물이라는 뜻 - 옮긴이)이고 생활 중고품이다. 미국식으로 말하면 정크(junk)다.

사람들이 저마다 가치를 찾아내며 즐기는 곳이므로 언뜻 '잡동사니'로 보이는 물건도 많다. 반대로 보물을 발견할 수도 있다.

이날은 조금 오래된 1940~50년대의 작은 꽃과 새가 그려진 둥근 접시와 수프 접시를 데려왔다. 고민되면, 일단 가게에서 나와 빙 둘러보고 그러다가 잊어버리면 인연이 없는 거라고 여긴다. 계속 생각나면 되돌아간다.

옷이나 가방, 장신구를 파는 가게도 있다. 나는 조금 오래되고 색이 예쁜 모조석을 쓴 브로치를 좋아하는데, 그런 가게를 몇 군데나 발견했다.

손이 많이 가서 요즘은 만들기 어려워 보이는 수공예품도 5천~1만 엔 정도에 찾을 수 있다. 멀리까지 온 포상인가?

조금 낡은 물건, 반짝거리진 않아도 소중히 쓴 유럽 그릇은 오히려 무엇을 담든 요즘 그릇 같은 느낌이 난다. 하얀 그릇도 독특한 정취가 있고, 만져보면 온화한 느낌이 있다. 도자기도 질감이 일본 도자기와는 다른 매력이 있다. 서양 요리를 담았던 세월이 주는 차이일까.

벼룩시장에서 낡은 브로강트를 살펴보면 그림이 이상한 꽃이나 새가 있다. 같은 세트인데도 똑같이 그리지 않은 것도 있다. 다만 완벽하다고 꼭 사랑스럽진 않으니까 재미있다.

그런 생각을 하며 아침부터 오후까지, 점심 먹는 것도 잊고 둘러보았다.

마르쉐에!
요리를 할 수 없는 안타까움이 한가득

사흘째는 아침부터 파리 좌완의 유기농 마르쉐에 가서 머핀과 크루아상을 사고 카페오레를 마시고 양으로 재서 파는 마른 허브를 잔뜩 샀다. 호텔 방에서 먹을 수 있는 토마토도 조금 샀다.

다음으로 간 곳은 라탱 지구의 '마르쉐 몽쥬(Marché Monge)'인데 이곳에는 노지 작물이 다양하다. 뱅센 지구의 길고 넓은 마르쉐 콩방시옹(Marché Convention)에도 갔다. 궁금한 채소나 고기, 달걀, 생선이 있어도 살 수 없어서 아쉬웠다. 또 호텔에서 요리를 못 하는 게 너무도 한스러웠다. 자유롭게 자란 채소와 야생 버섯을 보자 레시피가 이것저것 떠올라 요리하고 싶은 마음이 꼼질꼼질 차올랐다.

이런 안타까움이 집에 돌아가서 요리할 때의 기쁨으로 이어진다고 스스로를 달래며 둘러보았다. 보고 만지고 맛보며 요리 열정으로 뇌가 들끓는다. 이것이 마르쉐의 매력이다.

운명의 프로마쥬리와 만나다

이날은 조금 더 걸었다. 가고 싶었던 곳 세 군데를 모두 다녀오고 욕심이 생겨서 생루이섬에 갔다. 노트르담 사원이 있는 시테섬과 나란히 있다.

느긋하게 걸어보니, 귀여운 가게가 정말 많았다. 그중에서도 '베르티용(berthillon)'이라는 아이스크림 가게가 정말 귀여웠다! 샹티 크림이 두려울 정도로 올라간 더블 초콜릿 아이스크림을 사서 기분 좋은 저금을 잔뜩 추가했다.

거기에서 마리교를 건너 생폴역 쪽으로 갔다. 그곳에서 운명의 프로마쥬리와 만났다.

'Fromagerie Laurent Dubois', 즉 '로랑 뒤부아 치즈 가게'라는 곳이다. 문을 열자, 지금 먹으면 최고로 맛있을 것 같은 아름다운 치즈가 잔뜩 있었다. 호텔에서 먹으려고 엄선한 후 작은 치즈를 두 개 구매했다.

이곳의 치즈는 정말 맛있어서 파트너와 합류한 후에 한 번 더 갔다. 나중에 찾아보니 파리에 네 개의 지점이 있을 정도로 인기 있는 가게다. 치즈 전문가

이자 경영자인 로랑 뒤부아 씨도 유명한 사람이었다.

계산할 때였다. 계산대의 남성이 번쩍 들어 보여 준 것이 닭, 그것도 몹시 화려한 품종의 닭이 그려진 클리어 파일이었다.

"아? 혹시 쟈쿠츄?"라고 중얼거리자 "엑셀렁(엑셀런트)!"이라며 윙크를 했다. 내가 프랑스어를 못한다는 걸 알자, 그는 영어로 적힌 작은 광고지를 보여주었다.

세상에, 파리 프티 팔레 미술관에서 이토 쟈쿠츄의 개인전이 열렸다! 이토 쟈쿠츄(1716년~1800년)는 치밀한 묘사와 화려한 색채, 귀여운 표정으로 일본에서도 절대적인 인기를 자랑하는 에도 시대 중기 교토에서 활약한 화가다(광고지에 적힌 글을 번역했다). 일본에서 보려면 긴 줄을 서야 한다고 들어서 못 본 이토 쟈쿠츄 전시회. 그걸 파리에서 볼 수 있다니!

좋다, 가보고 싶어~

일본의 자랑, 쟈쿠츄가 가득!

이미 오후 3시를 지났으나 구글 지도로 찾아보

니 버스가 있었다. 센강을 따라 달리는 버스를 타고 프티 팔레로 갔다.

프티 팔레는 콩코르드 광장 바로 앞, 화려한 외관을 자랑하는 파리시립 미술관이다. 프랑스다운 위압적인 지역이어서(개인적인 감상이다) 가본 적은 없다. 거기에서 쟈쿠츄 전시라니!

버스 안에서 알아보니, 유럽 최초로 열린 대규모 이토 쟈쿠츄 전시회였다. 일본 궁내청의 산노마루 쇼조칸에서 보관하는 쟈쿠츄 최고 걸작 '동식채화'(30폭)와 교토의 절 쇼코쿠지에서 보관하는 '석가삼존상'을 전시해서 프랑스에서도 크게 화제가 되었다고 한다. 호오.

도착했더니, 오오! 프랑스 사람들이 길게 줄을 서 있었다. 입장까지 1시간을 기다려야 한다. 조금 고민했지만 색다른 경험일 것 같아서 기다렸다.

바로 앞에 선 시크한 분위기의 프랑스 중년 여성 두 사람이 계속 수다를 떨어서 지루함을 달래려고 멋대로 머릿속으로 번역했다.

"쟈쿠츄, 일본에서는 4시간이나 기다려야 했대. 이번이 유럽 최대 규모 전시회래. 이런 기회가 또 없

을 거야.” “일본 그림이나 우키요에, 괜찮지.” “인상
파 화가도 거기에서 영향을 받았으니까. 그들이 없
었다면 오르세도 없었을지도 몰라.”(멋대로 한 번역입
니다. 프랑스어 전혀 몰라요!)

마침내 들어가보고 깜짝 놀랐다. 역시 프랑스,
쟈쿠츄가 가까워! 자쿠츄가 잔뜩이야! 일본이라면
그림이 더 멀리 있었을 것이다. 프랑스 사람들이 공
작의 하트 모양 깃털이나 과하게 귀여운 문어 얼굴
같은 세부적인 요소를 가리키며 열심히 대화를 나눴
다. 모두 흥분했고, 굉장히 붐볐다. 기념 노트나 엽서
를 고르는 것도 줄, 사는 것도 긴긴 줄을 서야 했다.

나도 힘을 내 계산대에 줄을 섰더니, 아까 그 프
랑스 중년 여성이 다가와서 어깨를 두드리고 “엑셀
렁!”이라고 말하지 뭔가. 왔다, 두 번째 엑셀렁! 우
후후, 그렇죠? 나도 모르게 우쭐한 표정을 짓고 힘차
게 악수했다. 1시간가량 같이 줄을 섰으니까 내가 일
본인인 줄 알았나 보다.

“이렇게 줄이 긴데 계산대가 하나라니. 역시 프
랑스” 같은 험담은 꿀꺽 삼켰다.

나도 쟈쿠츄를 본 것은 처음이면서 갑자기 자긍

심을 느끼며, 버스를 타고 해가 저물기 시작한 파리 거리를 둘러보며 신나게 호텔로 돌아왔다.

파트너와 나에게 엽서를 쓰다

즐거움에 더해 행복감이 가득 충전된 원천은 혼자서 파리 여행을 할 수 있는 나에게 느끼는 뿌듯함과 기쁨이다. 여행 근육이 약해졌을지도 모른다고 불안했는데, 3박 4일을 무사히 마쳐서 기뻤다.

밤에는 로랑 뒤부아에서 사온 백포도가 올라간 디저트 같은 치즈, 숙성이 잘되어 어른스러운 느낌인 에푸아스 같은 치즈(자세하게는 모름), 조금 남은 화이트 와인을 마시며 짐 정리를 했다.

파트너도 일본에서 출발했으니 오늘 밤부터 아무도 없는 자택에, 오늘 사온 쟈쿠츄 엽서로 우리 둘에게 메시지를 썼다. 내일 우표를 붙여서 보내야지.

다음 날 아침은 러닝을 했다. 오페라 극장에서 출발해 루브르 박물관 앞을 지나 센강을 따라 이 동네 사람들과 함께 러닝! 기분 좋다!

자, 오늘 드디어 일본에서 올 파트너와 합류한

다. 기분 좋은 저금을 잔뜩 늘렸으니 밝게 환영할 수 있을 것 같다. 3박 4일간 쌓인 이야기를 잔뜩 들어 달라고 해야지.

그저 나를 아껴주는 여행에

#방콕

전혀 모르는 사람의 장례식에 간 적 있는가?

나는 딱 두 번 모르는 사람의 장례식에 갔었다. 한 사람은 작가인 모리 요코 씨다.

요쓰야의 성 이그나시오 교회에서 있었던 장례식은 일반적인 장례식과 전혀 달랐다. 붉은 장미로 넘칠 듯이 장식된 제단, 새하얀 그랜드 피아노, 달콤한 향기, 모리 씨가 좋아했던 모자와 세련된 정장, 거기에 하이힐을 신고 화려하게 꾸민 사람이 많았다. 이야기를 들어보니 모리 씨가 "다들 예쁘게 하고 와요"라고 유언을 남겼다고 한다.

생전에 모리 씨와 딱 한 번 우연히 만난 적 있다.

모 라디오 방송국의 길쭉한 테이블에 앉아 있었는데, 한쪽 끝에 모리 씨가 있었다. 나는 작품을 전부 읽은 팬이어서 모리 씨인 줄 바로 알아보았다.

끝과 끝에 10분 정도 앉아 있었을까. 나는 큰마음 먹고 그때 갖고 있던 빨간 파일에 사인해달라고 부탁했다. 나로서는 전무후무한 행동이었다. 모리 씨는 '신비로운 만남을 위해 / 모리 요코'라고 적어주었다. 지금도 소중히 간직한다.

동경하던 그 사람을 따라서

모리 씨 소설의 어떤 점에 끌렸는가 하면, 멋진 여성과 여행하는 기분이 들기 때문이다. 좀 뻔하지만.

주인공들은 언제나 '혼자'를 느끼게 했다. 가족과 함께 있어도, 화려한 세계에 있어도, 혼자 있기로 정하고 책임지고 즐거워하는 여성. 어쩌면 모리 요코 씨의 모습 그 자체가 아닐까, 내 마음대로 생각하곤 했다.

여행을 좋아하는 것으로 유명하고 캐나다와 오키나와에 별장도 있었던 모리 씨. 별장지나 여행지에서 쓴 에세이도 많은데, 일상에서 해방된 비일상 속에서 자기 자신과 마주하는 모습에 반했다. 모리 씨도 여행의 독특한 자극을 갈망했을 것이다(이것도 내 마음대로 하는 상상이지만).

모리 씨가 그려낸 곳에 맹렬히 가고 싶었다. 그 것도 혼자서. 용기를 내 문을 연 곳이 방콕의 오리엔 탈 호텔이었다.

더 바에서 화이트 와인을

모리 씨의 소설과 에세이에 몇 번쯤 나오는 '더 오리엔탈 방콕'은 지금의 만다린 오리엔탈 방콕이 다. 1887년, 방콕 최초의 서양식 호텔로 짜오프라야 강변에 세워졌다. 과거에는 방콕에서 가장 번화한 지역이었다.

오랜 세월 각종 호텔 순위에서 세계 넘버원 호 텔로 선정되었고, 특히 로비가 멋져서 로비 중의 로 비 '더 로비'라고 불렸으며, 로비의 더 뱀부 바는 '더 바'라고 불렸다고 한다.

모리 씨가 표현한, 고양이처럼 사뿐사뿐 움직이

는 보이들, 타이식 긴 치마 아래로 아름다운 발이 보이는 여성 직원들. 마치 공기에 뭔가 장치라도 해두었나 싶게 물씬 풍기는 남쪽 바다의 기척과 향기를 그곳에서 느끼고 싶었다.

그러나 나는 겁쟁이니까 비교적 사람이 적은 낮에 '더 바'에 갔다. 과감하게 들어가 혼자 라탄 좌석에 앉았다.

이럴 때면 역시 5성급 호텔답다. 메뉴가 금방 나왔고, 직원이 밝게 웃어주었다. 모히토나 싱가포르 슬링을 마실까 했으나, 이런 데에 익숙하다는 느낌으로 일부러 화이트 와인을 글라스로 마셨다. 솔직히 첫 잔은 자주 마시는 음료로 하는 편이 좋을 것 같았다.

완벽한 서비스, 아낌없이 제공하는 견과류와 말린 과일(맛있었다). 끝없이 탁 트인 하늘 같은 천장, 커다란 갓을 두른 조명, 메아리치는 커틀러리 소리. 퇴폐미와 세련됨이 공존한 분위기에 매료되었고 혼자 온 흥분도 더해져서 '나는 누구? 여긴 어디?' 하며 시간이 멈춘 듯한 비일상에 푹 빠졌다. 설령 낮에 왔더라도.

모리 씨가 표현하는 멋진 여성이 된 것 같은 기분 좋은 착각이 들었다. 어디까지나 착각이지만, 모리 씨를 동경하는 나와 비슷한 세대라면 그저 즐겁고 행복하다는 말만 머릿속에서 메아리치지 않을까.

또 뉴욕 호텔이라면 계산하러 갔다가 눈이 휘둥그레질 텐데, 생각보다 지갑에 친절해서 더욱 기뻤다.

그저 나를 아껴줄 뿐, 관광하지 않는 혼자 여행

처음으로 타이 방콕에 간 것은 대략 35년 전 가족 여행이었다. 그 후로 가족과 친구들, 파트너, 나 혼자 대충 서른 번은 갔다. 사실은 가장 많이 찾은 해외 도시다. 그런 내가 생각하기에 방콕을 즐기는 좋은 방법을 소개하겠다.

방콕에는 20년 전쯤에 지상을 달리는 모노레일 같은 전차 BTS(스카이트레인)가 생겼고, 그 후에 지하철도 생겨서 혼자 여행하기 점점 더 편해졌다.

푸껫이나 사무이섬이나 치앙마이 같은 지방 도시에 갈 때는 가족이나 친구와 함께라면 더 즐거울 것이다. 그러니 그런 여행과 연결해 방콕에서 1박 혹은 2박, 나를 그저 아껴주기만 하는 혼자 여행을 즐기면 어떨까. 내가 몇 번이나 즐긴 여행 패턴이다. 가족에게 좀 미안하지만 혼자서 멋진 호텔에 머무르며 비일상을 만끽하는, 관광 없는 혼자 여행이다.

누가 뭐래도 방콕은 호텔 천국이다. 대략 10년 전부터 가격이 급상승하긴 했으나, 혼자 여행하기 편한 대도시 중에서 최고급 호텔의 가성비가 가장 좋다고 생각한다. 인테리어 감각도 발군이고 호텔마다 취향이 달라 모던하면서 세련되었고, 적당히 아름다우며 너무 고풍스럽지 않다.

아침, 알람을 따로 맞추지 않고 일어나 촘촘하고 기분 좋은 면 시트 위에서 느긋하게 쉰다. 낮에는 사람 없는 수영장에서 또 느긋하게. 딱 적당하게 차갑고 깊은 수영장에서 헤엄을 쳐도 좋다. 오후 3시부터 8시까지는 길거리를 걸으며 쇼핑. 밤에는 호텔로 돌아와, 여기 묵으니까 즐길 수 있는 호텔 바에 가본다. 평소에는 쉽지 않은 혼술도 호텔 바라면 겁쟁이인 나도 가능하다.

환대의 대국인 타이에서는 '저 사람, 혼자인가 봐?'라는 시선도 없고 철저하게 '무관심하면서도 완벽한 서비스'를 받을 수 있다.

잠들기 전에 마시는 술이라는 의미인 나이트 캡, 용기 내 바에서 한 잔 마셔보았는데, 이게 생각보다 좋은 기분을 선물해줬다.

어디에 묵을까?

'더 바'에서 겪은 작은 모험을 소개한 '만다린 오리엔탈 방콕'은 유서 깊은 대표적인 호텔이다. 서머싯 몸 등 작가들이 장기 체류해 '작가들의 스위트룸'이라 불리는 스위트룸도 있고, 짜오프라야강에 손이 닿을 듯한 복층형 방도 있다.

짜오프라야강을 호텔 배로 건널 수도 있다. 맞은편 기슭에 새로 생긴 화려한 쇼핑몰 '아이콘 시암(ICON SIAM)'에는 타이 각지 요리를 맛볼 수 있고 혼자 들어가기도 좋은 푸드 코트, 석양을 보며 테라스에서 편하게 맥주를 마실 수 있는 가게도 있어서 좋다.

호텔 배라면 다른 곳에 잘못 갈 일도 없고 혼자서도 안심이다. 또 BTS 역에 인접한 호텔인 점도 편리하다.

방콕에는 이외에도 모던하고 멋진 호텔이 많다. 시암 지역 등 번화가 중심에는 BTS 역과 이어져서, 백화점이나 쇼핑센터까지 비 맞을 일 없이 갈 수 있는 호텔이 여러 군데 있다.

그중 하나가 '파크 하얏트 방콕'이다. 방콕을 한눈에 내려다보는 초고층에 작지만 인피니티 수영장이 있는 멋진 호텔이다. 해 저물 때가 특히 아름답다. 이 호텔은 초고층인데도 울타리가 없어서 무서울 정도다(정말 무섭다). 야외 바도 아담하게 있어서 혼자 들어가기 좋을 것이다. 호텔 안쪽 문을 빠져나가면 어른 대상의 고급 쇼핑몰이 나온다. 조용하고 사람이 적다. 아래층에는 고급 마트, 로컬 푸드를 먹을 수 있고 혼자 들어가기 좋은 깔끔한 푸드 코트도 있다.

라차담리역에서 바로인 '아난타라 시암 방콕'(이전에는 포시즌)도 역사가 오래되었고, 방콕에서 오리엔탈과 나란히 믿음직하고 상징적인 호텔이다. 이 호텔의 타이다운 건축을 보면 마음이 차분해진다. 객실이 쭉 있는 복도에 부겐빌레아를 놓았고, 마호가니 문이나 난간은 아름답게 윤이 나고, 맞은편 경마장이 보이는 방도 있다. 로비 정면에서 2층으로 올라가는 계단과 벽화가 대단한데, 사진이 잘 나오는 스폿이다. 거리 한복판에 있는 호텔이면서 수영장이 넓고 깊은 것도 높은 점수를 주고 싶다.

카피하지 않는 타이에서, 타이 브랜드를

타이는 디자인 대국이다. 카피 천국이라고 불리는 나라도 있는 아시아에서 압도적으로 오리지널을 사랑하는 나라다. 타이 디자이너의 브랜드는 기시감 없는 멋진 옷이 가득하고, 백화점이나 쇼핑몰에서도 볼 수 있다. '타이 디자이너는 몸 선을 멋지게 보이게 하는 능력자' '남들과 다른 디자인을 선호한다'라는 평가도 있다.

주말에만 열리는 그 유명한 거대 마켓 '짜뚜짝 주말 시장'에 먼저 작게 가게를 내고, 이후 그중에서도 주목받는 구역에 가게를 내고, 더욱더 인기를 얻어 방콕 한복판 쇼핑몰에 직영점을 낸다. 이런 성공담이 있는 패션 브랜드가 아주 많다.

입도선매하는 즐거움도 있다. 주말 중 방콕에 머무르면, 설령 호텔에 틀어박히는 여행 중이더라도 주말 시장만큼은 꼭 가려고 한다. BTS 모칫역에서 걸어서 5분쯤 걸린다. 1만 점포 이상 가게가 선다고 한다.

우선 패션 구역. 세션 2 근처, 지면에 벽돌이 깔린 구역에 인기 있는 타이 브랜드가 모여 있다. 여름용 멋진 원피스나 많을수록 좋은 면 100퍼센트 캐미솔(600엔 정도), 독특한 티셔츠 등과 만날 수 있다.

부엌 용품도 추천한다. 황동 냄비, 은이나 스테인리스 커틀러리, 디자인이 모던한 젓가락, 바구니 등 지금까지 많이도 도쿄로 가지고 돌아왔다. 낮이면 혼자서도 전혀 문제없지만, 소매치기에는 주의하자.

이 시장 앞의 넓은 도로를 건너면, 새로 생긴 깔끔한 관광 시장 '오토꺼 시장'이 있다. 타이 농업협동조합 직영 시장으로, 과일이 풍부하다. 예전부터 있던 끌렁떠이 시장은 그 지역 사람들을 위한 곳이어서 훨씬 와일드하고 재미있는데, 접근하기 어렵고 혼자 가기에는 오토꺼 쪽이 깨끗하고 안심할 수 있다.

관광하지 않는 여행. 혼자 여행이기에 가능하다. 과감하게 늦잠과 수영장, 마사지, 쇼핑, 로비에서 술

한잔을 즐기며 오로지 나에게 여유를 주는 포상 같은 여행. 여행을 떠나기 전보다 열 배는 더 다정해진 기분이다.

4장

내가 여행을 즐기는 방법

그 나라 말을 할 줄 몰라도
여행을 할 수 있다

나에게 50세부터 시작한 혼자 여행은 머리부터 발끝까지 혼자에 푹 젖고 싶어서 떠난 여행이었다. 이미지로는 아무도 없는 바다에서 알몸으로 푹 빠져서 "아아, 기분 좋다~, 행복하다~"라고 느끼는 것이다.

따라서 누군가와 말하고 싶거나 친구를 사귀고 싶은 생각도 크게 없었다. 때때로 멋진 만남도 있지만, 그건 예상하지 못한 포상, 말하자면 덤 같은 것이다.

그래도 대화가 필요한 상황은 있다. 특히 말이 안 통하는 외국이라면 당연히 불안하다.

어디든 가지고 다니는 스마트폰, 또 구글과 SNS가 여행 스타일을 크게 바꾸었다. 여행지에서 나누는 대화도 달라졌다.

'이 단어를 모르겠네' 싶을 때 금방 찾아볼 수 있고, 여차하면 음성으로 읽어주는 기능도 있어서 상대방에게 들려줄 수 있다.

다양한 스마트폰 앱 덕분에 꼭 해야 하는 말은 번역해서 어떻게든 할 수 있다. 통신만 되면 라인이나 카카오톡의 무료 통화나 메시지를 이용할 수 있으니 곤란할 때는 잘 아는 사람에게 물어보자.

또 편리한 번역기도 있다. 코로나가 진정된 후에 갔던 타이완 여행 때 '포켓토크'라는 것을 빌려서 가지고 갔다. 손바닥에 들어오는 크기여서 들고 다니기 편했다. 느릿느릿 발음을 신경 써서, 또 번역하기 쉽게 주어와 서술어를 확실하고 간결하게 해야 하지만 대충은 통한다. 분명 앞으로 더욱더 진화할 것이다.

기쁨을 표현하고 싶다

지금까지 해외에 혼자 여행을 다니면서 어떻게든 현지 말로 '정확하게' 전해야만 하는 상황은 그다지 많지 않았다. 불평이나 불만이 있으면 표정이나 분위기로 전해지고, 내가 뭔가 하고 싶다는 의사는 어설픈 말로 표현할 수 있다.

어려운 것은 잡담이다. 소소한 잡담을 할 수 없어서 몇 번이나 아쉬운 경험을 했다. 설령 꼭 필요한 말이 아니더라도 상대방이 한 말을 이해 못 하는 것도 아쉽다. 또 기쁨이나 고마움을 표현하고 싶은데 그러지 못하는 것도 아쉽다.

"정말 맛있어요. 특히 ○○에 감격했어요"나 "진짜 맛있는데 배가 너무 불러서 남겼네요. 미안해요" 같은 말이다.

너무 아쉬우니까 포기하지 않고 표현하려고 노력한다. 때로는 종이에 적어서, 때로는 열심히 발음해서.

타이베이에서 있었던 일이다. 여행 중 마음에 들어서 몇 번이나 갔던 타이난 출신 아주머니가 실력을 뽐내는 식당이 있었다. 티엔무에 있는 시동 시장 2층에 있고 언제 가도 만석이다. 갈 때마다 "정말 맛있어요"라고 말했는데, 일본에 돌아가기 전에 좀 더 감동을 표현하고 싶었다. "나는 간단한 조리법으로 다정한 맛을 내는 당신의 요리를 정말 좋아합니다.

감칠맛을 내주는 조미료도 쓰지 않았죠. 이렇게 몇 번이나 온 식당은 이곳뿐이에요. 일본에 돌아가지만 또 오겠습니다"라고 말하고 싶었다.

그래서 일본어→영어→중국어 순으로 스마트폰 앱을 통해 번역해서 종이에 적었다. 타이완에서 쓰는 한자 번체자는 세계에서 제일 어려운 한자라고 생각하는데, 한자 문화권 사람은 노력하면 쓸 수 있으니까 다행이다. 그 메모를 떠나면서 아주머니에게 건넸다.

메모를 읽은 아주머니의 표정을 지금도 잊지 못한다. 반짝 밝아져서 내 손을 두 손으로 꼭 쥐었다.

생각해보면 일본이든 어디든 똑같다. 맛있었으면 "맛있었어요"라고 말한다. 그 말만으로도 요리한 사람에게는 마음이 전해질 것이다. 말한 나도 기쁘다.

그러니 나는 "안녕하세요"와 "고맙습니다"에 더해 "정말 맛있어요"와 "또 먹으러 올게요" 만큼은 여행 가는 나라의 말로 할 수 있게 해둔다.

누군가와 말하지 않아도 괜찮다

일본어라면 말이 통하니까 같은 나라 사람과 의사소통을 제대로 할 수 있다고 여기기 쉬운데, 평소 나는 그렇지 않다고 실감한다. 의사소통은 어렵다. 이 나이가 되어도 도무지 능숙해지지 않는다.

요리연구가 야마모토 유리 씨의 에세이 『낯가리는 수다쟁이』를 읽고 맞는 말이라고 공감한 적이 있다. 야마모토 씨는 사실 낯가림이 심해서 처음 만난 사람과 어떻게 대화하면 좋을지 불안감을 느끼는데, 침묵이 무서워서 오히려 열심히 수다를 떤다고 한다. 그래서 '낯가리는 수다쟁이'다.

나도 그런 경향이 있다. 침묵이 너무 무섭다 보니 생각지도 않은 말이나 괜한 소리를 해놓고 땅을 파거나 반성하는 일이 자주 있다. 침묵을 받아들이는 사람이 되고 싶다. 첫 만남을 잘하고 싶다. 하지만 그게 어려우니까 스트레스다.

혼자 여행은 누구나 겪는 이런 일상의 감정 노동에서 해방되는 시간이다. 그러니 나는 국내 여행에서도 말이 잘 통하지 않는 외국과 거의 비슷하게 말 없이 여행한다. 하루 내내 아무와도 말하지 않았던 날도 기분 좋았다.

한편으로 나를 전혀 모르는 사람과 딱 한 번뿐인 만남을 겪으며 대화를 나누는 여행의 즐거움도 경험했다.

낯가리는 성격과 모순인 듯한데, 지금 여기 있는 물만두가 맛있다는 이야기를 나누고, 온천물이 기분 좋다고 무심코 말을 걸거나 듣고, 도시의 정보를 가볍게 교환하는 것도 즐겁다. 마음이 따뜻해진다. 그 이상 관계가 깊어지진 않아도 딱 그 정도가 여행 중 휴식 모드인 내게는 좋은 것 같다.

'좋아요!' 캠페인으로
나도 기분이 좋아진다

혼자 여행 중에 혼자만의 게임으로 자주 하는 것이 '좋아요!' 캠페인이다. 역무원이나 가게 점원이 해준 일이 좋았다면 "멋져요, 고마워요"라고 소리 내 말해서 칭찬하기, 그냥 이것뿐이다.

예를 들어 역무원이 뭔가 알려줬다면 "친절하게 알려주셔서 살았어요. 고맙습니다"라고 확실하게 말한다. 레스토랑에서 점원이 잔에 물을 채워줬다면 "고마워요. 최고의 타이밍이에요"라고, 평소라면 속으로 할 생각을 캠페인 중에는 입 밖으로 낸다. 혹은 '저 티셔츠 귀엽네'라고 생각했다면 "티셔츠가 정말 귀여운데요?"라고 말한다. 설령 상대방이 약간 흠칫하더라도.

캠페인 중에는 한 번이라도 더 "좋아요!"를 말하고 싶고 칭찬하고 싶으니까 칭찬할 점을 찾는 데 열중하느라 평소와 다른 내가 되는 것도 꽤 즐겁다.

이를테면 점원이 너무 느릿느릿 포장할 때. 이유도 없이 항상 서두르는 도쿄에서는 속으로 '느리잖아, 빨리 좀 해'라고 외칠 테지만, 캠페인 중이면 '정성을 들여서 해주는구나. 좋았어, 이걸 고맙다고 하자. 칭찬해야지'라고 생각하니까 초조하지 않다.

이 캠페인을 하면 상대방을 칭찬한 결과로 어느새 내 기분이 좋아진다. 신기하게도 마음이 다정해진다. 대범해진다는 말이 더 어울릴까?

뭐야, 평소에도 그러면 되잖아. 아, 어디서 이런 말이 들리는 것 같다. 음, 정말 그렇다. 나도 언제나 그런 나로 있기를 바란다. 바라지만 이게 참, 무언가에 쫓기는 듯한 일상에서는 좀처럼 그러지 못한다. 그래서 여행 중에라도 하려는 것이다.

십수 년 전 미국에서 본, 기억하기로 보험회사 광고에서 힌트를 얻었다. 누군가가 친절하게 대하면 그 친절을 받은 사람이 다음 사람에게 친절하게 대해서, 다정함이 연쇄하고 친절함의 릴레이가 시작된다는 드라마 형식의 광고였다.

일본에도 '온오쿠리(恩送り, 은혜를 보내다)'라는 말이 있다. 신세를 져서 깊은 은혜를 느끼면, 설령 그 사람에게 돌려주지 못하더라도 다른 누군가를 다정하게 대한다. 그러면 그 사람이 또 다른 누군가에게 은혜를 보내준다.

혼자 여행을 오면, 새로 태어난 기분이어서 솔직하게 굴 수 있다. 언제나 그런 내가 되고 싶다. 매일매일 연습이다.

SNS에서 벗어나기

헤어지고 싶은 마음은 있는데 이별 이야기가 도무지 진행되지 않고, 심지어 내가 그 아이의 매력에 완전히 사로잡힌 상태이며 마치 내 일부와도 같아서 미련이 남아 헤어질 수 없다……. SNS 말이다.

내 책이나 글을 홍보하려고 시작했는데 나도 모르게 들여다보는 인스타그램과 페이스북. 정신 차리면 30분이 지난 경우가 종종 있다.

눈도 차근차근 나빠지고 목주름도 늘고 등도 아프다. SNS가 존재하지 않았던 내 윗세대와 비교하면 몸의 소모도가 몇 배는 다르지 않을까. 그런데도 헤어지지 못한다.

다만 여행할 때만큼은, 특히 혼자 여행할 때는 SNS를 보는 시간이 크게 줄어든다. 혼자라면 오히려 늘어날 것 같은데 신기하다.

라인이나 문자도 깜빡할 정도다(죄송합니다). 주변에 보고 싶은 것이 많아서일까? 긴장해서 조마조마하기 때문일까? 스마트폰 사용 시간도 평소의 4분의 1 이하다. 그게 정말 기분 좋다(그러면 평소에 안 보면 되잖아→자, 첫 문장으로 돌아가세요).

혼자 여행의 매력은 조급한 시간이나 피곤한 인간관계에서 해방되는 면에 있는 것 같다. SNS는 직접 사람과 만나는 건 아니나 만나는 것과 마찬가지로, 혹은 그 이상으로 인간관계에 지치는지도 모른다. SNS와 거리두기는 혼자 여행의 또 다른 즐거움이다.

아침 러닝을 추천한다

혼자 여행의 즐거움 중 하나가 아침 러닝이다. 나에게는 달리고 싶은 도시가 있다…… 라고 말하면 대단한 러너 같지만, 전혀 그렇지 않다. 한계 5킬로미터로 지쳐버리는 러너, 아니 조깅러다.

부끄럽지만 35세 무렵까지는 200미터도 달리지 못했다. 어려서부터 운동 신경이 둔해서 달리기 경주는 매번 꼴찌. 고등학교 체육 수업의 장거리 달리기도 어떻게 하면 안 할 수 있을지만 생각했다. 그랬던 내가 운동 부족을 해결하려고 조금씩 달리기 시작했더니, 내 페이스라면 5킬로미터 정도는 기분 좋게 달릴 수 있게 되었다. 게다가 달리는 것 자체가 좋아져서 나도 놀랐다. 그중에서도 특히 여행을 와서 하는 아침 러닝이 즐겁다.

> *아침은 거기 사는 사람들의 것,*
> *달리면 그 안에 들어갈 수 있다*

혼자 여행을 떠나면 거의 반드시 아침에 달린다.

친구와 여행하면 평소보다 늦게까지 바에 머물거나 밤늦게까지 수다를 떨며 밤을 새우는 것도 즐겁다. 그건 그때를 위한 즐거움이고, 혼자라면 밤에는 일찍 방에 돌아와 아침 러닝을 기대하며 잠든다.

아침에 달리는 이유로 첫 번째는 달리면 그 도시에 사는 기분을 맛볼 수 있으니까. 혼자 여행을 하면서 느꼈는데, 아침은 여행자에게 최고의 선물이다.

아침은 거기 사는 사람들의 것이다. 밤의 길거리나 낮의 관광지 풍경으로는 여행자와 주민이 구분되지 않더라도 아침에는 확실하게 알 수 있다. 여행자인 내가 이 도시의 일상을 바라보며 주민 같은 얼굴로 달린다. 여기 사는 듯한 기분 좋은 착각이 왠지 즐겁다.

두 번째 이유는 사전답사라고 표현하면 좋을까? 미리 조금 봐두는 것이다. 그날 갈 예정이거나 가보고 싶은데 어떨지 궁금한 가게를 달리면서 보러 간다.

아침에는 진짜 도시가 있다. 사람 왕래가 적은 골목, 아무도 없는 사무실, 고요한 번화가. 평소 못 보는 무대 뒷모습이 언뜻 보인다.

약간 취미가 나쁘다는 생각은 드는데, 가보고 싶었던 식당 앞을 아침에 지나가면 입구에 '저기, 이렇게 내놓는 건 좀 아니지 않아?'라고 지적하고 싶은 모양으로 쓰레기가 놓여 있거나, 밤에는 아마도 보이지 않을 곳에 와인이나 조미료처럼 입에 들어가는 것이 어수선하게 쌓여 있는 모습을 볼 수 있다. 한편 멋지다고 생각한 가게나 훌륭해 보이는 셰프가 있는 가게는 이른 아침이라도 언제든지 손님을 맞이할 수 있는 상태다(개인적인 조사 결과).

빠르게 길거리를 둘러본다

세 번째 이유는 내가 '욕심쟁이'니까. 모처럼 여행으로 이 도시에 왔으니까 조금이라도 더 많이 보고 싶다. 여행 목적지에 넣지 않은 곳이라도 혹시 갈 수 있다면 유명 관광 명소에도 가보고 싶다. 또 가능하면 내 다리로 돌아보고 싶다. 이런 욕심이다.

다만 시간이 한정적이다. 그래서 아침 러닝으로 가본다. 달리면, 같은 시간 걷는 것보다 좀 더 넓은 지역을 돌아볼 수 있다.

내 러닝 속도는 고작해야 1킬로미터 8~9분인데, 그래도 도보의 1.5배나 2배의 지역을 돌아볼 수 있다. 궁금한 곳이 있으면 속도를 늦춰 둘러보기도 한다.

요즘 젊은 사람은 드라마나 영화를 몇 배속으로 빠르게 본다고 들었다. 나도 아침 러닝으로 길거리를 조금 빨리 둘러보는 건지도 모른다.

시간이 부족해서 이번에는 못 갈 것 같다고 포기했던 공원이나 성터 같은 명소에도 훌쩍 가본다. 고후성이나 마쓰모토성, 야마가타성터, 그 주변의 시민을 위한 공원……. 전부 아침 러닝으로 매력을 느꼈다.

2016년 구마모토 지진이 일어나기 반년 전에 달렸던 구마모토성에서는 엄청난 석벽에 압도되어 달리기를 멈추고 차가운 거석에 손바닥을 대보았던 기억이 있다. 그 멋진 석벽이 무너지다니…….

달리기 위한 준비

여행지에서 달리려면 나름의 준비가 필요하다.

먼저 옷과 러닝화. 나는 평소에도 신을 수 있고 다양한 옷과 매치하기 쉬운 러닝화를 챙겨간다. 요즘은 아디다스나 나이키에서도 러닝용 느낌이 덜 나는 멋진 러닝화도 많이 나온다. 달릴 수 있다는 것은 곧 얼마든지 걸을 수 있는 쾌적한 운동화란 뜻이니 많이 걷는 여행에 잘 어울린다.

또 나일론 후드를 한 벌 챙긴다. 엉덩이까지 내려오는 길이에 가벼운 것으로, 러닝용으로도 좋고 갑자기 비가 내려도 후드를 쓰면 되니까 좋다. 빨았을 때 하루 만에 마르면 최고다.

이걸 입으면 안에 입은 옷이 보이지 않는다. 그러니 안에는 버리기 직전인 티셔츠나 긴소매 내복도 좋다. 하의는 달라붙는 러닝용 바지를 작게 접어서 가지고 간다. 타이츠(요즘 말로는 레깅스일까?)도 좋다.

또 꼭 있으면 좋은 것이 러닝용 작은 가방이다.

어깨나 허리, 팔에 달 수 있는 형태여서 두 손이 비고 자그마한 것. 안에는 스마트폰과 신용카드나 현금 2천 엔 정도, 호텔 카드키를 넣는다.

달렸으면 기록하고 싶으니까 스마트폰 앱 'Nike Run Club'를 켜고 시작한다. 달린 루트를 기록해서 저장하므로 그때 어딜 갔는지 되짚는 즐거움도 넉넉히 따라온다. "1킬로미터 도달~" 같은 식으로 음성으로 알려줘서 달리기를 응원해주기도 한다.

이어폰도 있으면 좋다. 그 도시와 인연 있는 음악가의 곡을 들으며 달리기도 한다.

달리기 루트를 정하는 법

루트는 그때 기분에 따라 다른데, 나는 가고 싶은 가게나 보고 싶은 관광지를 목적지로 삼아 달린다. 막연하게 달리는 것보다 역시 목적지가 있어야 즐겁다.

걷는 여행과 마찬가지로 구글 지도로 왕복 4, 5킬로미터로 갈 수 있는 곳을 정해 시작한다.

때로는 도시를 쭉 관통하는 길을 일직선으로 달

리거나 풍경이 멋진 곳, 바다를 좋아해서 바다를 향해 달리기도 한다. 멋진 카페를 발견했는데 나중에 못 올 것 같으면 바로 들어가 커피 한잔을 마시기도 한다.

가나자와 러닝 때, 평소에 길게 줄이 서는 빵집 '히라미빵(@hiramipan)'에 기적적으로 딱 두 명만 줄을 선 적이 있어서 나도 모르게 들러 빵을 사고, 걸어서 돌아왔다. 달리는 시각은 보통 7시나 8시. 인기 빵집의 아침을 노리기 좋은 시간이다. 이렇게 빵집 오픈 시간 노리기도 각지에서 한다.

아침 러닝을 위해 가고 싶은 도시도 있다

하카타와 오사카가 비슷하다는 생각이 든 것은 아침 러닝 때였다. 둘 다 JR 터미널 역에서 오사카는 북쪽에서 남쪽이고 하카타는 동쪽에서 서쪽이라는 차이는 있으나 거의 일직선으로 뻗은 길이 있고, 도중에 넓은 강이 흐른다. 역에 가까운 번화가와 강가 쪽으로 내려온 번화가가 있는 것도 비슷하다.

달리기 좋은 도시는 역시 있다. 내가 아침 러닝을

기대하는 여행지는 교토, 오사카, 마쓰모토, 미토, 가마쿠라, 나가사키, 나하 그리고 내가 모르는 도쿄다.

교토는 사전 답사하고 싶은 곳이 150군데 이상이나 있어서(쓴웃음) 매번 어딘가를 골라서 간다. 신사나 절도 아침만의 표정이 있다. 이른 아침부터 여는 곳이 많아서 아침 6시에 절 기요미즈데라의 본당을 혼자 점령했다. 또 가모강 러닝은 최고다.

마쓰모토는 마쓰모토역에서 마쓰모토성 주변, 아가타노모리 공원으로 간다. 그렇게 뛰어서 돌아오면 마쓰모토 한 바퀴 투어다. 달려보면 마쓰모토는 강의 도시임을 알 수 있다.

미토는 어떤가 하면, 미토역에서 금방인 양쪽에 벚나무 길이 이어지는 사쿠라강에서 시작해 가이라쿠엔 공원으로 가는 길이 내 안의 베스트 1, 2를 다투는 굴지의 아름다운 러닝 코스다. 잘 정비된 강변 길을 달려 센바 대교를 지나면, 센바 호수와 벚나무 길 사이에 끼어 양쪽이 물가인 길이 나온다. 흔한 것 같으면서 잘 없는 지형이어서 이 길에 서기만 해도 흥분된다! 굉장히 기분 좋다. 센바 호수를 한 바퀴 돌 수도 있다. 끝까지 달리면 가이라쿠엔이 나온다.

이곳을 달리기 위해 미토에 가고 싶을 정도다.

또 도쿄도 매력적이다. 때때로 우에노나 니혼바시처럼, 도쿄 서쪽에 사는 나에게는 익숙하지 않은 동쪽으로 여행한다. 이때 아침 러닝이 참 신선하다. 스미다강 곁길이나 야나카, 우에노 숲에서 도쿄예술대학으로 간다. 그곳에는 내가 모르는 도쿄가 있다. 전철로 40분이면 갈 수 있는 곳이라도 여행이 된다고 매번 느낀다.

해외는 파리. 특히 겨울이 좋다. 아직 아무도 없는 아침의 루브르 미술관이나 뤽상부르 공원, 오르세 미술관을 향해 하얀 입김을 내쉬며 다리를 건넌다. 이때를 떠올리기만 해도 가슴이 뜨거워진다. 커다란 도마뱀이 사는 연못을 보며 달린 방콕 룸피니 공원, 뉴욕 센트럴파크나 웨스트사이드. 타이베이는 새벽 시장을 몇 군데 달리며 둘러보고 골인 지점에서 아침을 먹었다. 200미터도 달리지 못했던 내가 이런 소리를 하면 웃기겠지만, 조심스럽게 말한다. 러닝은 최고다.

아침 러닝에는 기쁜 덤도 따라온다. 이렇게 느릿느릿한 페이스라도 달린 후에 상쾌함을 맛볼 수 있다. 땀을 뻘뻘 흘리며 호텔 방에 돌아와 샤워할 때의 행복감은 대단하다. 어쩌면 아침 러닝을 하는 가장 큰 이유가 이 순간의 기분을 느끼기 위한 것 아닐까.

가게를 찾을 때는
내추럴 와인부터 찾는다

여행지에서 뭘 먹지? 그것도 혼자서. 누구에게나 중요한 문제일 것이다. 다시 없는 먹보인 나만 그런 것이 아니리라. 역시 여행의 즐거움 중 하나는 맛있는 음식. 아니, 핵심 주제다(그렇죠?).

가능하면 그렇게 유명하지 않아도 되니까 그 지역 사람들에게 사랑받는 가게에서 그 지역 재료로 만든 음식을 먹을 수 있는 곳을 찾고 싶다. 요리 철학은 있지만 너무 깐깐하지 않은 셰프가 있고, 분위기가 밝은 가게라면 더 좋다.

추가로(또 있다니) 누가 뭐래도 내가 좋아하는 요리가 나오는 곳이다. 너무 무겁지 않고, 너무 과하지 않은 요리를 좋아한다. 채소를 많이 쓰고, 재료 윤곽이 남아 있고, 식초를 잘 쓰는 곳. 도쿄에서도 이건 마찬가지다.

그런 가게를 어떻게 찾는가. 평소 그런 냄새를 풍기는 가게를 발견하면 구글 지도에 저장하고 입소문에 귀를 기울이는 등 이런저런 방법이 있는데, 나는 '내추럴 와인으로 찾아가기'를 가장 선호한다.

가게를 찾을 때, '내추럴 와인＝뱅나뛰르'로 검색해서 나오는 가게를 찾는다.

내추럴 와인＝뱅나뛰르란?

내추럴 와인을 고집하는 가게를 찾으면 왜 원하는 요리와 만날 수 있는가? 이에 답하기 전에 내추럴 와인이 무엇인지 알아보자. 다만 정의하기 어렵다. 내추럴 와인을 사랑하는 사람의 수만큼 '이것이 틀림없는 정의다'가 있을 정도로 '이것이 절대적인 정의'라고 말할 수 없고 견해도 다양하다.

나는 이렇게 생각한다. '생산자가 와인을 포도에서 만들어지는 농산품이라고 여기며 만든다. 생산자

가 유기농 포도를 자식처럼 소중히 다루고 자연 효
모의 힘으로 발효해 과도하게 조절하지 않고, 자기
자신이나 가족도 마음껏 마실 수 있게 만드는 와인'
이라고. 이러면 내추럴 와인에 대단히 조예가 깊어
보이는데, 사실 내추럴 와인과의 첫 만남은 조금 아
쉬웠다.

내추럴 와인과의 만남

20년쯤 전이다. 알랭 뒤카스라는 위대한 프랑스
요리사의 요리학교가 일본 쓰지 조리사 전문학교와
공동 경영 형태로 도쿄에 문을 연다고 해서 입학했
다. 나는 제1기생이다.

아침 9시부터 시작해 오후 4시까지 뒤카스 그룹
의 현역 셰프에게 배우는, 정확하게는 주방에 따라
들어가 보며 실습도 하는 수업이었다. 점심과 오후
에 두 번 완성한 요리를 맛보는 기회가 있었고, 오후
에는 집에 가기 전이니까 와인도 나왔다.

글라스 한 잔이나 두 잔이었는데, 이게 솔직히
맛없었다. 지금까지 마신 와인과 전혀 달랐고, 애초

에 이게 와인이 맞나 싶었다. 포도 주스 같은 것도 있었고, 독특한 냄새가 나는 것도 있었다(나는 말똥 냄새라고 생각했다).

그러자 "이건 내추럴 와인입니다"라고 선생님이 설명해주었다. 들어보니 포도는 유기농이어서 화학비료나 제초제, 살충제를 쓰지 않고 재배해 손으로 수확한다. 해당 토지에서 난 효모를 쓸 것을 고집하고, 자연 효모의 작용으로 자연스럽게 발효하기를 기다려 만드는 와인이다. 일반적인 와인과 전혀 다르며 앞으로는 이런 생산자가 늘어날 것이라는 설명이었다.

한 번 더 말하는데 20년 전이다. 음, 취지는 멋있고 그렇게 생산한 와인을 마시고 싶었다. 하지만 이건 좀 아니지 싶어서 매번 침묵했다.

그로부터 몇 년 후, 어떤 비스트로에서 취향 저격인 레드 와인과 만났다. 레드 와인인데 가볍고, 은은하게 감칠맛이 나며 몸에 스며드는 와인이었다.

보졸레의 마르셀 라피에르라는 사람이 만든 와인이었다. 보졸레? 보졸레 누보? 비스트로 점원이 자세하게 알려주었는데, 설명을 듣고 깜짝 놀랐다.

"내추럴 와인입니다"라고 하지 뭔가!

마르셀은 내추럴 와인 여명기의 영웅으로, 뱅나뛰르의 아버지라고 불린다. 그의 훌륭한 와인, 제조법, 철학에 영향을 받은 많은 생산자가 내추럴 와인을 생산하게 되었다고 한다.

흐음, 말똥과 전혀 다르고 맛도 좋아서 꿀꺽꿀꺽 마셨다. 다음 날, 한 번 더 놀랐다. 내 주량치고는 제법 많이 마셨는데 몸이 가뿐하고 상쾌했다.

왜지? 내 몸이 보여준 반응이 와인 제조에 관해 좀 더 알고 싶다고 생각하는 계기가 되었다.

내추럴을 선호하는 요리인을 찾자!

몸에 부담이 적다는 걸 내 인체 실험으로 알게 된 이후로 먼저 마르셀 라피에르의 와인을 찾아 마셨다. 또 내추럴 와인을 수입하는 업자를 알게 되어 병에 적힌 이름에 의지해 와인을 선택했다.

그러다가 어떤 사실을 알았다. 내가 좋아하는 요리가 나오는 레스토랑은 대부분 내추럴 와인을 선호한다는 것이다. 재미있게도 다들 그랬다. 이탈리아

나 프랑스 레스토랑뿐 아니라 일식이나 꼬치구이 가게까지. 사실 내추럴 와인은 일식에도 잘 어울리고, 일본 와인 중에도 내추럴 와인 생산자가 하나둘 등장했다.

나는 '내 요리에는 내추럴 와인이 어울린다'라고 생각하는 요리사의 요리를 좋아하는 것이 분명하다. 호오, 그렇다면 이 반대도 성립하지 않을까.

나와 가족이 마시는 와인, 먹는 요리

몇 년 전, 프랑스에서 부르고뉴와 보졸레의 내추럴 와인 생산자의 와이너리를 둘러본 적이 있다. 앞서 말한 마르셀 라피에르(당시 이미 고인)의 와이너리에서 멀지 않은 곳에 내추럴 와인을 생산하는 동료 장 포이야드의 와이너리가 있어 가보았다. 촉촉하게 안개가 낀 날씨, 키가 야트막해 작업하기 힘들 가메(포도 품종) 밭도 봤다.

그때 마담에게 "어쩌다가 내추럴 와인을 생산하기 시작했나요?"라고 물었다. "마르셀 라피에르 같은 이웃에 사는 동료들과 작업을 마치면 매일 와인을 마시거든요. 그러다가 우리가 마시는 것처럼 몸에 부담이 적은 와인을 더 많이 생산하고 싶다는 이야기가 나왔죠"라는 대답이었다. 호오.

예전에 유기 원료 100퍼센트에 100년을 넘은 나무통으로 간장을 만드는 쇼도섬 야마히사 간장의 양조장을 방문했을 때 들었던 "원래는 가족용으로 만들기 시작했습니다"라는 말이 생각났다.

나와 가족이 먹는다고 생각하고 만든다. 이보다 더 단단한 말이 있을까.

내추럴 와인 애호가 중에는 사람이 과하게 조절하지 않은 술, 재래종 채소, 방목한 고기, 그 지역 생선 등 해당 지역에서 나는 것을 선호하는 사람이 많은 것 같다. 또 가족을 대하는 것처럼 손님에게 얼굴을 보여주며 요리를 대접하는 가게가 많다.

그러니 나는 내추럴 와인을 선호하는 것을 안심할 수 있는 증거로 여긴다.

어떻게 찾는가?

와인 이야기가 나와서 흥분했는데, 오래 기다리

셨습니다. 자, 내추럴 와인을 어떻게 찾을까요?

먼저 지금 자신이 있는 곳에 가까운 내추럴 와인 가게를 찾아주는 'Raisin'이라는 앱이 있다. 일본 버전은 아직 등록한 가게가 적은데, 도쿄나 오사카 같은 대도시에서는 괜찮은 실마리가 되어준다. 파리에서 아주 잘 썼다.

또 하나는 인스타그램에서 찾는다. #내추럴와인 #뱅나뛰르 등의 키워드를 넣어 검색한다. 그렇게 나온 리뷰나 사진, 가게 인스타그램 등을 살펴 분위기를 보고 정한다. 아침 러닝이나 산책하며 사전답사를 하러 가기도 한다.

미토에서 인상적인 일이 있었다. 내추럴 와인으로 접근해서 찾은 가게 두 곳이 있었다. 카운터석도 있어서 혼자 들어가도 괜찮겠다 싶어서 순서대로 찾아갔는데, 하필 그날은 두 곳 다 만석이었다. 그래서 두 번째로 간 가게의 셰프에게 "여기 말고 미토에 내추럴 와인을 내는 가게가 있을까요?"라고 묻자, 웃으며 "미토에는 딱 세 군데입니다"라고 대답하고 내가 찾지 못한 세 번째 가게를 알려주었다.

카운터석이 있으니 혼자서도 괜찮다고 알려줘서

갔더니 이쪽도 거의 꽉 찼다. 간신히 카운터석을 한 자리 확보했다. 도쿄에 있었다면 단골이 되고 싶을 정도로 기분 좋고, 혼자인 사람에게도 추천하고 싶은 가게였다. 'Loupiote'라는 곳으로, 미토역에서 도보 5, 6분이다.

참고로 앞서 방문한 두 곳은 'to_dining&daily goodthings'과 'Piste'다.

내추럴 와인을 다루는 가게는 근처에 있는 내추럴 와인 가게를 잘 안다. 특히 지방 도시라면 더 그렇다. 다음을 위해서라도 물어보면 좋을 것이다.

이렇게 나의 '혼자 가고 싶은 가게 목록'은 곧 '내추럴 와인 팬클럽 목록'이다. 교토편이나 오사카편에서 소개한 가게도 이런 식으로 발견한 곳이 대부분이다.

나에게 주는 선물을 사자

여행지에서 선물 사는 걸 좋아해서, 예전에는 일일이 줄 사람의 얼굴을 떠올리며 이건 엄마에게, 이건 할머니에게, 이건 친구 A에게 하며 샀다. 그 사람에게 어울릴 것 같다고 망상하는 시간도 좋아해서, 선물을 사는 시간은 나에게 여행의 큰 이벤트였다. 그러나 혼자 여행을 시작하면서 그런 일을 그만두자고 생각했다.

혼자 여행은 기본적으로 혼자가 되는 시간이다. 그 시간을 마음껏 즐기고 싶었다. 또 혼자서 쾌적한 여행을 하려면 짐이 적을수록 좋으므로 선물은 나를 위한 기념품으로 작고 가벼운 것을 골랐다. 다만 먹을 것은 제외하고.

시장과 마트에 가자!

나는 먹을 것에 품은 흥미와 집착이 예사롭지 않다. 친구들의 상상을 훌쩍 초월하는 수준이어서 누가 함께 있으면 어이없어 할 때가 많다. 음, 음식에 대한 진심을 내보이면 대부분 대놓고 깬다는 표정을 짓는다.

그래도 혼자니까! 얼마든지 구경해도 된다. 시장이 있으면 반드시 들르고, 처음 보는 음식은 먹어보고, 그 지역 마트나 백화점 식품관에 반드시 가본다. 도보나 대중교통으로 갈 수 있으면 휴게소에도 들르고 싶다.

특히 지역 사람들이 이용하는 평범한 마트에 가면 레시피 창작으로도 이어진다. 나는 최대한 일상에 가까운, 마트에서 구할 수 있는 재료로 만들 수 있는 레시피를 고안하니까. 도쿄 마트를 절대 기본이라고 생각하지 않으려고 한다.

가격에도 관심이 많다. 도쿄 마트의 10분의 1 가

격으로 싱싱하고 훌륭한 오이를 발견하면, 내가 일하는 이유가 이 차액 때문일지도 모르겠네, 이대로 도쿄에서 계속 살아도 되는 걸까, 같은 생각을 곰곰이 한다. 한편 농가의 수입이 이래도 괜찮을지 걱정하기도 한다.

시장이나 마트에서는 모르는 음식과 만나는 것도 즐겁다. 지금까지 한 번도 먹어본 적 없는 음식과 만나면, 정육과 생선 이외에는 고민할 것 없이 사서, 그 자리에서 먹어본다.

특히 외국, 타이완이나 타이, 이탈리아 등 처음 보는 재료가 반드시 기다리고 있을 곳으로 가는 여행은 목적지가 시장이 아닌 날에도 항상 지퍼백에 젓가락과 숟가락과 종이컵의 '시식 세트'를 넣어 다닌다.

간장, 된장, 식초, 토속주

일본 여행에서는 지역색이 강하게 드러나는 간장, 된장, 식초를 살펴본다.

과거, 조미료는 그 지역의 맛을 좌우하는 것이었

으므로 각지의 양조장에서 쓸 것을 만들었다. 토지가 달라지면 조미료가 달라지고, 조미료가 달라지면 음식 맛도 달라졌다. 조미료는 향토 요리의 핵심이므로 소중히 지켜온 것이고, 앞으로도 지키고 싶다.

특히 간장은 지역 특색이 반영되는 조미료다. 지방 도시에 가면 최대한 옛날식 양조장의 간장을 찾아 나에게 선물한다.

그런데 "규슈는 간장이 달잖아~"라며 곤란하다는 듯한 말이 종종 들린다(피해망상일까?). 나는 나가사키 출신이니까 꼭 변명할 생각은 아니나, 전국 방방곡곡의 간장을 구해 맛본 경험에서 말하면, 요즘 간장은 당분을 조금 넣은 달짝지근한 것이 주류인 것 같다. 최근 들어 아미노산 등을 넣어 맛을 더 강하게 한 간장도 자주 본다. 예전에는 그런 재료를 넣지 않았을 테니까, 뒤의 원재료를 보고 '콩, 밀가루, 소금'만 적힌 간장을 찾는데, 지역의 간장이 잔뜩 진열된 곳에서도 아무것도 넣지 않은 간장을 찾지 못할 때도 있다.

절임이나 조림, 수산 가공품 같은 보존식, 마른 식품, 면, 농산품에도 눈이 반짝거린다. 오이타 구니사키반도에서 만드는 환상적인 녹미채나 나가사키 시마바라의 손으로 국수 가락을 빼내 만든 소면, 이바라키 히타치의 시골 우동 등 여행지에서 만난 이후 꾸준히 시켜 먹는 것도 있다.

또 토속주와 요즘 많아진 일본 와인도 좋아한다. 백화점 식품관의 주류 판매장을 순찰하고, 술 전문점이 있으면 기웃거린다. 그런데 혼자서는 다양한 종류를 마셔보는 게 좀 어렵다. 이럴 때 기쁜 것이 토속주를 다양하게 진열한 역의 시범 점포다. 일본에 최근 많아졌는데 도야마, 미토, 나가사키에서 가봤고, 가고시마에도 소주 버전의 점포가 있다.

나는 많이 마시지는 못하나 다양한 종류를 즐기고 싶은 성향이어서, 이렇게 짧은 시간에 간단히 맛보는 감각으로 들를 수 있는 곳이 고맙다.

선물로 부적을 사서 가호를 빈다

혼자 여행을 가서 신사를 발견하면, 여행을 왔다고 인사하고 감사하는 마음을 담아 들른다. 신사에서 파는 부적도 궁금한데, 개성적인 부적을 발견하면 참배하는 마음을 담아 선물로 산다. 그때 들고 간 가방의 손잡이에 달거나 안주머니에 넣어서 여행 내내 가호를 빈다.

또 집에 온 후에도 그대로 둬서 그 가방을 들고 나갈 때 부적으로 삼는다. 예전에는 부적을 산 건 좋은데 어떻게 하면 좋을까 싶어서 서랍에 넣어뒀는데, 이 방법으로 해결했다. 한 지붕 아래에 다양한 종파의 신이 있어도 괜찮을지 걱정한 적도 있는데, 저 먼 하늘에서는 모든 신이 사이좋게 지내실 테니까 이제는 신경 쓰지 않는다. 오랜만에 쓴 가방에서 잊었던 부적과 재회해서 '아, 그때는……' 하고 떠올리는 것도 재미있다.

교토에서는 멧돼지가 환영해주는 고오 신사의 허리와 다리에 좋은 부적을 샀고, 세이메이 신사의 까만 바탕에 분홍 복숭아가 멋진 '액막이 부적'과 파란색이 화사한 '승리 부적'과 '향상심 부적'을 샀다. 또 손가락을 잘 쓰기를 기원하는 '손가락 원숭이'도 샀다. 가가와의 고토히라구의 '미소와 활기를 주는 부적'은 궁사(宮司, 신사의 제사를 관장하는 신사의 장-옮긴이)가 직접 그린 일러스트가 귀엽다. 가나자

265

와 이시우라 신사의 모든 색을 다 갖고 싶어지는 물
방울과 체크무늬에 'SAFETY TRAVEL'이라고 적힌
'여행 안전 부적'(예전에는 전철 모양이었다)도 세련되
었다.

전부 작고 가볍지만 추억이 담긴 좋은 선물이다.

그림엽서를 쓴다

국내든 해외든 여행을 가면 그림엽서를 쓴다. 특
히 파트너에게는 꼭 쓴다. 같은 집에 살지만 엽서를
보낸다. 부모님이나 친구에게 쓸 때도 있다.

요즘은 편지를 받는 일도 쓰는 일도 별로 없다.
그래도 우표가 붙은 여행 편지는 이 엽서가 겪은 여
행길을 상상하게 해줘서 왠지 기쁘다. 또 혼자 있으
면 이상하게 쓰고 싶어진다.

국내 여행일 때는 우표를 가지고 갈 때도 있고 지
역 우체국에 갈 때도 있다. 해외에서는 호텔에서 보
내주기도 하는데, 가능하면 우표를 사러 간다.

사실 파트너와 둘이 여행할 때도 종종 우리 둘이
사는 도쿄의 집에 그림엽서를 보낸다. 지금까지 딱

한 번 안 온 적이 있는데, 포르투갈에서 보낸 그림엽서다. 그런 것까지 전부 포함해 돌이켜보면 최고의 선물일지도 모른다.

닫는 글

그때를 떠올리고 마음껏 웃는
기분 좋은 여행을

2022년 12월 오전 10시 후쿠오카 공항. 나는 늦지 않을까 걱정하며 출국 게이트 앞의 긴 줄에 서 있었습니다. 갱신한 여권과 대여한 휴대용 와이파이를 꼭 안고서요.

목적지는 대략 3년 만의 타이완. 허둥거리며 비행기 좌석에 어떻게든 앉은 순간, 가슴이 뭉클해지고 뭐라 표현할 수 없는 감정이 우르르 차올라서, 다른 사람 눈에 괴상해 보일 정도로 히죽히죽했답니다.

이번에는 후쿠오카에서 타이베이로 들어가 타이완 남쪽에 있는, 핑둥시로 혼자 갈 예정이었어요.

계산해보면 첫날은 거의 온종일 뭔가를 탔습니다!

아침 8시 전, 본가인 나가사키에서 출발해 신칸센과 특급열차를 갈아타 하카타까지 가서, 지하철로 후쿠오카 공항으로 갔죠. 비행기를 타고 타이베이에 가서, 지하철로 이동해 타이완 고속철도를 타고 쭤잉(가오슝 근처)까지 갔고, 거기에서 타이완 특급 철도로 갈아타 핑둥으로 갑니다. 겁쟁이인 내게는 모험이나 마찬가지예요.

무사히 타이베이에 도착해 개찰기에 지난 타이완 여행 때 썼던 타이베이 지하철 유유 카드를 넣었더니 문제없이 통과했습니다. 이것만으로도 굉장히 기뻤어요. 타이완 고속철도 티켓을 사서 일본의 신칸센과 똑같이 생긴 좌석에 앉아 오랜만에 창밖 풍경을 봤는데, 눈물이 글썽글썽 고였습니다.

갈아탈 특급 지정권은 좌석을 고르고 싶었으니까 창구에서 필담을 통해 사고, 잘 해냈다고 자화자찬하며 기다리는 동안 타이완 철도의 명물인 따끈따끈한 도시락을 사서 덩실거렸죠. 특급에 탔는데 모처럼 내가 고른 자리에서 낯선 할머니가 자고 있었습니다. 이런……. 옆의 빈자리에 앉아 도시락을 먹었어요. 그러다가 문득 다들 지정권을 사긴 했나 싶어 주변을 둘러봤는데, 이 상황에 피식 웃음이 나왔어요. 결국 그 좌석에 앉아 핑둥역까지 왔습니다.

캐리어를 돌돌 끌고 예약한 역 근처 호텔로 들어갔어요. 너무 두근거려서 짐도 풀지 않고 곧바로 근처 야시장에 가서 가장 행렬이 긴 가게에 잔뜩 긴장한 채 줄을 섰습니다.

아, 국물 냄비를 지키는 저 여성, 나와 비슷한 나이 같네. 활력 넘치는 목소리, 생생한 눈동자, 요리하는 사람다운 주름 자글자글한 손. 손가락으로 가리켜 주문하자 방긋 웃으며 국물을 퍼줬는데 으아, 정말 맛있었어요. 타이완, 내가 드디어 왔다! 19시, 긴긴 하루를 돌아보고 회상하면서 웃었고, 한숨 돌렸습니다.

역시 어른의 혼자 여행에는 독특한 매력이 넘칩니다. 여행지에서는 동년배나 연상들을 물끄러미 바라보며 '세상에는 다양한 인생이 있구나'라고 생각하는 내가 있고, 여행을 마치고 돌아가면 타인에게 다정해질 수 있을 것 같아요. 젊은 시절에 그랬던 것처럼 여기에 살면 인생이 달라졌을까, 배울 점이 있을까, 같은 생각은 하지 않아요. 그래도 더할 나위 없이 소중한 무언가를 얻는 여행입니다.

이 기쁨, 즐거움, 멋짐을 말로 표현할 수 있을까? 나 자신에게 물어보며 1년에 걸쳐 이 책을 썼습니다.

몇 년 전, 모 잡지 웹사이트에서 글을 연재하면서 '50세부터 시작한 혼자 여행이 정말 좋았다!'라고 적었더니 다이와쇼보 출판사에서 "혼자 다녀온 여행을 책으로 묶어보면 어떨까요?"라고 제안해주었어요. 놀랐고 또 기뻤죠.

인생을 함께 여행하는 내 파트너. 혼자 여행에 관한 글을 희희낙락 쓰는 아내를 응원해줘서 고마워요. 우리 둘이 가는 여행도 당연히 즐겁답니다.

이 책을 읽고 '혼자 여행, 어디 한번 가볼까?'라고 생각해주신다면 정말 기쁠 거예요. 인생을 살다가 문득 떠올리고 활짝 웃는, 그런 기분 좋은 여행이 되기를.

야마와키 리코

50세에 떠나는 기분 좋은 혼자 여행

초판 1쇄 2023년 10월 30일

지은이 야마와키 리코
옮긴이 이소담
편집 정다운 편집실
디자인 김정연
펴낸이 이나영
펴낸곳 북포레스트
출판등록 제406-2018-000143호
전화 031) 941-1333 | 팩스 031) 941-1335
메일 bookforest_@naver.com
인스타그램 @_bookforest_
ISBN 979-11-92025-15-5(03830)

< 50SAI KARA NO GOKIGEN HITORI TABI >
© Riko Yamawaki 2023
First published in Japan in 2023 by DAIWA SHOBO Co., Ltd.
Korean translation rights arranged with DAIWA SHOBO Co., Ltd.
through Imprima Korea Agency.